Pardál za úplňku a jiné povídky
Eva Vaníčková

Eva Vaníčková

Pardál za úplňku

a jiné povídky

Věnování

Všem nadšencům a vytrvalcům, kteří nosí Indonésii v srdci a svou prací pedagogickou, akademickou a zejména uměleckou, přispěli k seznámení širší veřejnosti s indonéskou realitou i mystikou.

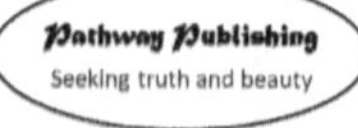

Poděkování

Tato knížka povídek s indonéskou tématikou by se nikdy neocitla v rukou čtenářů, nebýt povzbuzování, rad a pomoci mnoha mých přátel. Nemohu je všechny jmenovat, ale musím poděkovat zvláště těmto za jejich inspiraci a podporu: Mému učiteli indonésistiky na KU v Praze, Miroslavu Opltovi, mým kolegům orientalistiky a také kamarádům z jiných oborů. Sem patří též umělec pan Jindřich Degen, který podpořil mou snahu psát beletrii z prostředí mého pobytu v Indonésii.

Knížka by se nikdy nestala realitou bez přepsání a oprav rukopisu Vladimírou Dubinovou, a Markem a Janou Vojáčkovými; a zvláště bez organizační, grafické, redaktorské a vydavatelské činnosti Evy Peckové.

Největší dík pak patří mému muži Přemkovi, který chápal mé zaujetí Indonésií, mé naslouchání „stříbrnému větru" dálek, kdy se vše ostatní v našem životě ocitlo na druhé koleji.

Vám všem nespočetné díky!

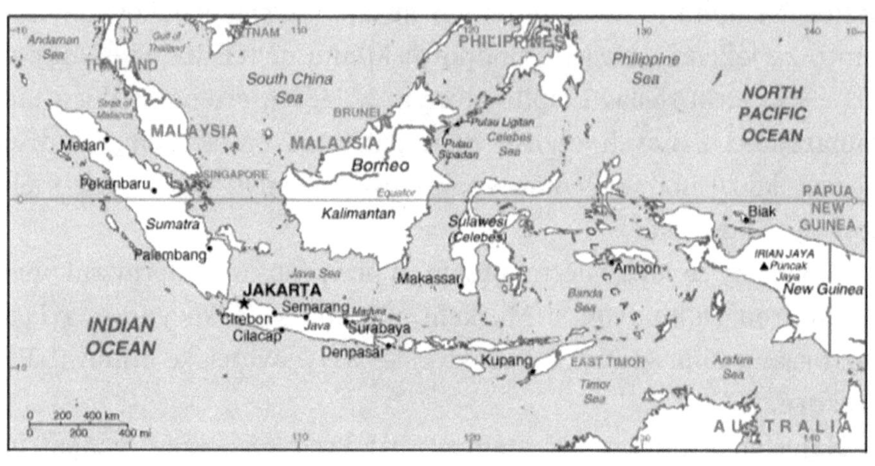

Andaman Sea
THAILAND
Gulf of Thailand
VIETNAM
South China Sea
PHILIPPINES
Philippine Sea
NORTH PACIFIC OCEAN
Strait of Malacca
MALAYSIA
BRUNEI
MALAYSIA
Borneo
Pulau Ligitan
Pulau Sipadan
Celebes Sea
PAPUA NEW GUINEA
Medan
SINGAPORE
Equator
Kalimantan
Sulawesi (Celebes)
Biak
Pekanbaru
Sumatra
IRIAN JAYA
Puncak Jaya
New Guinea
Palembang
Ambon
Java Sea
Makassar
Banda Sea
JAKARTA
Semarang
Madura
Cirebon
Java
Surabaya
Cilacap
Denpasar
INDIAN OCEAN
Kupang
EAST TIMOR
Arafura Sea
Timor Sea
200   400 km
200   400 mi
AUSTRALIA

Úvod

Sbírka povídek předkládaná českému čtenáři je inspirována jihovýchodní Asií, zejména Indonésií. Je určena těm, kdo stále cítí vřelý vztah k lidem a zemi, i když v dnešním chaotickém světě se Indonésie jeví spíše negativně.

Povídky jsou evokací mých prožitků z pobytu v Indonésii během roku 1961 a z dalších návštěv této země až do konce minulého století. Zachycují dynamiku vývoje po druhé světové válce, kdy Indonésie získala samostatnost a různé skupiny bojovaly o charakter mladého státu.

Snaha o fikci s indonéskou tématikou také vznikla ze situace na knižním trhu, kde se jen zřídka objevují knihy o Indonésii. Pokud se octnou v knihkupectvích, pak jde většinou o gramatiku, dějiny, nebo cestopisy. V poslední době, díky vytrvalcům v oboru, jsou na trhu opět i překlady. Snad ta mezera bude alespoň částečně zaplněna mými povídkami s indonéskou tématikou.

Jedenáct povídek plyne tématicky za sebou a často mají k sobě blízko. Například, v povídkách *Pardál* a *Merapi* je dominantní jeviště děje příroda. Někdy je příběh jedné povídky rozvinut v druhé pomocí charakterů, které se znovu objevují, jako např. v povídce *Muezzin* a následující *Nancy alias Nina Nur Zuhra*.

V knize je mnoho indonéských termínů, které se mohou objevovat v několika povídkách. Proto je k dispozici čtenářům na konci knihy Slovníček, kde jsou tato cizí slova definována. Je však možné, ba i pravděpodobné, že český čtenář se s některými výrazy setkal ať již v Indonésii, kde trávil dovolenou, nebo v Česku v jedné z indonéských restaurací.

Doufám, že povídky čtenáře pobaví a povzbudí k zamyšlení nad různými tématy, která se vztahují k lidským životům všeobecně. Nechť čtenáře také povedou k hledání té pravé Indonésie tak, jak si každý najde svou cestu k tomu, co má rád.

Pardál

Vše bylo v pohybu, skupina filmařů sedí v letadle. Je konec roku 1961, zasněžená Praha již kdesi v dáli. Pod letadlem, přesně podle cestovatele Pavla Durdíka – úžasný náhrdelník smaragdových ostrovů. Tropy. A na konci cesty letiště Jakarta.

Opravdu čínská prádelna a palmy a zase palmy. Staré letiště v Asii. Nízké střechy z vlnitého plechu. Vzduch se ani nehne a z filmařů se jenom leje. Z klimatizovaného letadla do tropického dne. Jsou v šoku, jen pár z nich se tomu směje. Ti už v tropech byli, a tak vědí, o co jde. Záda ale mají stejně zpocená jako ostatní. A únava také vykonala své. Je to dlouhý let z Prahy do Jakarty, i když přespali v Singapuru. Další tropická noc je čeká v Jakartě. Nemohou dlouho pospávat. Brzy ráno vyrazí několika vozy do Lembangu.

Za pár hodin budou z Jakarty v Lembangu. Hory a sopky, to je západní Jáva. Sem, a ne k moři jezdí ti, kdo na to mají. Čerstvý horský vzduch a ve dne snesitelné teplo, v noci vlaho. Tak každého vítá horské středisko Lembang po horkém městě Bandungu. Všichni si libují.

Zato polévání vodou je sparťanské, žádná vlažná sprcha. Voda se nabírá ešusem z velké čtverhranné kádě, kam se nevstupuje jako do vany, ale stojí se vedle ní. Voda pomalu stéká po zádech a člověk se tetelí chladem, ale i blahem. Hotel, postavený před válkou, zůstal v původní podobě. Je bílý, s nízkými ubytovnami mimo hlavní budovu. Místnosti v hotelu jsou prostorné s vysokými stropy, u kterých jsou velké větráky. Francouzské skleněné dveře jsou otevřeny do zeleně s výhledem na věnec hor. Klimatizace zde není, ani moderní zařízení koupelen s horkou vodou. A toto starodávné prostředí všichni zpočátku kritizovali. Až po delším pobytu vše ocenili a styděli se za rozmazlené kritizování „primitivních" – jak o tom dříve mluvili – podmínek.

Druhý den vyjeli filmaři do terénu hledat vhodná místa k natáčení. Námět filmu potřebuje kopce a džungli, a tak jim nezbývá, než jet s vojenským doprovodem. Je to nutné, i když akutní nebezpečí nehrozí. Napjatá situace mezi vládou a povstalci již povolila. V zemi právě probíhá celkem úspěšná stabilizace. Prezident Soekarno vyhlásil amnestii pro povstaleckou armádu, jejíž zbytky se soustředily v horách západní Jávy, a na náměstí Bandungu se objevují skupinky odhazující zbraně. Ti, kdo vytrvávají v odboji, jsou ve styku s ortodoxní stranou Darul Islam. Je to militantní strana, usilující o vytvoření islámského státu a změnu demokratického systému v Indonésii.

Indonésani jsou známí svou tolerancí. Jejich společnost vždy přijímala různorodé vlivy i filozofické směry, od buddhismu přes hinduismus a od islámu po křesťanství. Ústava je založena na principu svobody vyznání a zastoupení všech skupin společnosti. Folklorní zvyklosti nejsou potlačovány, ale volně praktikovány. Nejvýraznější je animismus. Podbarvuje všechny rituály folklorní i náboženské.

Islám sehrál důležitou roli v boji o vytvoření samostatného indonéského státu, a tak není divu, že část společnosti alespoň zpočátku podpořila rebely Darul Islamu. Vše se však rychle proměnilo ve zbytečné, dlouhodobé krveprolévání a ničení. Lidé, zejména na venkově zbídačelí válkou, odmítali krmit povstalce z toho mála, které jim zůstávalo. Bandung během boje o samostatnost prožil léta střídání vojsk jak republikánských, tak vojsk vracejících se z koloniálních správ – holandské i britské. Neviděli v rebelech ani v regulérních armádách bratry-osvoboditele, ale příživníky, kteří když nedostali to, pro co přišli, si vše brali násilím. Dokonce začaly hořet domky i pole.

Amnestie přišla v poslední moment, ale stejně nezabránila pozdějšímu vypuknutí občanské války, kdy se bohužel vyřizovaly i soukromé účty. Když se pomalu vše uklidňovalo, zbytky vzdorujících povstalců se rychle měnily v bandy zpustošených desperátů, tím nebezpečnějších. A proto další amnestie. A ještě stále nutnost ozbrojeného doprovodu.

Z bezpečí hotelu lze jen tušit hory v dálce a pulzující život v džungli i na rýžovištích. Večerem nezní žádné signály ohlašující nebezpečí útoku, jen vlahou padající nocí se nese hlas dřevěného gongu z malé sury – venkovské modlitebny, postavené svépomocí na svahu uprostřed rýžoviště. Zvuk gongu se nese do značné dálky pětkrát denně a vyzývá k modlitbě. V ochlazujícím vzduchu se krásně sedí na zahradě hotelu, často dlouho do noci. Je tak snadné se oddat příjemné náladě a nemyslet na zítřek. Všichni ale vědí, že zítra začne natáčení.

Brzy odpoledne se vyjede filmovat první exteriérní epizoda filmu *Akce Kalimantan* ve spolupráci s vojenskou správou a s několika indonéskými herci. Všichni v partě vědí, co to znamená natáčet exteriéry v tropech. Na rovníku se nestmívá, tma prostě padne rychle. Jsme na rovníku. Vše musí být načasováno a jít jako na drátkách. Na opakování záběru není čas. Pokud něco neklapne, musí se odjet s prázdnou a druhý den začít totéž znovu.

Dva vozy s kamerami a partou filmařů, třetí vůz je vojenský džíp. Sedí v něm dva piloti jako ochrana, režisér a tlumočnice. Vozy dorazily na místo určení bez problémů a v dobrém čase. Všichni jsou spokojeni, jak jim to jde, a režisér nabádá k ukončení práce. Odpoledne rychle utíká, podařilo se to. Ještě poslední záběr zapadajícího slunce a jede se domů.

Vracejí se ve výborné náladě, všichni se těší zpět do hotelu. „Za chvíli jsme tam", říká řidič – a ztuhne. Přes cestu jim plavně přešel černý pardál. Když zmizel v hustém porostu džungle, jeden kameraman vítězně vydechl: „A mám ho v záběru, to je co!?"

Kdosi v kameramanském voze navrhuje předjet vůz před nimi a vést celou skupinu. Jiný se ptá, proč. Odpověď je zaskočila. Prý je černý pardál přes cestu zlé znamení. A už padá připomínka pověry černé kočky přes cestu. Parta se směje, ale jeden z ochranky je viditelně neklidný. Naslouchá zvukům kolem-jedoucích aut. Nabádá k rychlejší jízdě a sevřenějšímu útvaru vozů. A je již tma. Ještě ne tma tmoucí, ale již ne stmívání. Všichni chápou, že je nutné co nejdříve dorazit do bezpečí hotelu.

A je to tu. Vozy jsou náhle zastaveny. Před prvním vozem kolony se objevil muž s puškou. Postava povstalce, násobená puškou, působí. Ochranka ve voze si sundává armádní bundy, aby nebudila pozornost. Všichni zúčastnění ztuhli jako před nedávnem, když se objevil pardál. Jsme ale v jiné situaci. Vše je jako v němém filmu, je neobvyklé ticho. Nikdo se ani nehne. Kdosi šeptem říká, ať auta rychle vyrazí, ale vzápětí je tu opozice a oprávněná: rozjetí aut přece nezabrání rebelovi střílet. Logika zvítězila. Šlo o životy i drahé kamery. Musíme vyjednávat a získat čas. Filmaři vědí, že potřebují vyjednávače.

Z vozu vystupuje tlumočnice a jde blíže k povstalci. Jeho obličej prozrazuje překvapení. Skupina filmařů v autě tají dech, sleduje s napětím, jak se ti dva před vozem zdvořile zdraví jako na korze. Jasně si vysvětlují situaci.

Voják v džípu měl pravdu, povstalec nebude střílet, jde o auta. Teď ukazuje do křoví. Všichni se děsí. Představa dalších rebelů, jak vyskakují z křoví u cesty, je silná. Kupodivu se vybelhal jeden zraněný, který po pár krocích padá na silnici.

Kameramani stále odmítají předat vany. Navrhují, že my převezeme raněného do nemocnice. Teď je to povstalec, kdo odmítá. Všichni chápou jeho stanovisko. Bojí se, že zraněného předáme armádě. Tlumočnice stále stojí před autem, ale bez té bílé vlajky vyjednávače. Nemá ani kapesník. Je ale zjevné, že obě zúčastněné strany v ni vkládají důvěru. Ovšem tato klidná situace se může kdykoliv zvrtnout. Nikdo neví, jestli není na cestě posila. Obě strany mají zájem celou hru rychle ukončit ve svůj prospěch.

Až se konečně něco děje, všichni vidí, že opět začalo dohadování. V džípu má zůstat řidič u volantu, k němu kameraman a tlumočnice jako případní rukojmí a zraněný povstalec s rebelem dozadu. Další dva vozy mají uzavřít kolonu, která má jet pomalu, aby zůstala nějakou dobu v dostřelu kamarádů v džungli u cesty.

Stalo se a rozjíždíme se. Do nemocnice ale nedorazíme. Na příkaz zastavujeme v okrajové městské čtvrti a pod puškou vyčkáváme, až zraněný podpíraný kamarádem vyleze z auta a odbelhá se do křoví.

Konečně se vracíme do hotelu, kde nás vítají. Diví se, že jedeme tak pozdě a v jiné sestavě vozů. Sedíme opět v zahradě tak jako včera, a když zvedneme skleničky, všichni si zhluboka oddechnou, že ten den končí. Zazní kytara, uvolnění je hmatatelné, všichni jsou dojatí a nezastírají své pocity. Je to whisky, nebo smutek po domově? A zazní šlágr Dajana.

Postupně se lidé vytrácejí z party. Až do spánku v pokojích zní dlouho do noci pro vytrvalce další hity. Ale nakonec přece spánek vítězí. Sny jsou ale zmatené, úlomkovité, jen málo detailů dává smysl. Jsou to pocity, co převládají, ne události. Šero džungle, vlhké horko, strach z muže s puškou. Nebezpečí není hmatatelné, ale tušené.

Zvednutá puška je hrozivá. Povstalce není možno objet ani se mu vyhnout. Stojí uprostřed cesty jako barikáda. Na rozdíl od pardála nemizí na druhé straně cesty. Setrvává. Obě epizody jdou tak rychle za sebou, že se povstalec zdá zrcadlovým zpodobněním pardála. Vnuká se myšlenka, že oba jevy spolu souvisí, ale zatím nám ta souvislost uniká. Jen pomalu se vyjeví náznak dosahu celého obojího setkání. Vyplašil pardál povstalce, nebo povstalec pardála? Míní vyjednávat? Co chce?

Na rozdíl od povstalce je pardálův přechod přes cestu ukončeným aktem. Je pryč a nezaútočil. Bereme jeho zjev na cestě jako úkaz přírody, a to krásný. Jeho plavná chůze je jako umělecký výstup, nezávislý na naší přítomnosti. Byl by tu, i kdybychom tu nebyli my, i když zrovna ne na tomto místě v této době. Respektujeme jeho právo tudy projít. Auta zpomalila jaksi mimovolně, rozhodně ne z pocitu nebezpečí. Nic po nás nechce. Naopak, dává nám krásu. Ovšem, že je tu tušené nebezpečí. Náhlá změna větru, neobvyklý hluk a pohyb může vyvolat jeho změnu v chování. Mohl by zaútočit, nebezpečí je ale latentní.

V tomto momentě jsme jako zakletí v jednom bodě času. Teď si uvědomujeme, že je velký rozdíl mezi povstalcem a pardálem. Povstalec záměrně vstoupil do naší dráhy, něco chce. Ohrožení není již nadále latentní. Plní vzduch, je hmatatelné. Je kolem nás, dusí nás. Zaútočí, nebo bude vyjednávat? Je jasné, že nepůjde svou cestou. Palbu snad nespustí. To by udělal již dávno, hned jak nás viděl, nebo dokonce slyšel. Zatím je celá situace jako při hře v šachy. Žádná strana nechce udělat nepředložený krok – jsou v sázce životy, kdyby došlo k vyhrocení situace. Musí nastat vyjednávání za každou cenu. Nedovolit propuknout hysterii.

Pohybem pušky nás povstalec vybízí k opuštění auta. Konečně je zlomen ten stav ztrnulosti. Musíme jednat. Co teď? Naše a povstalcovy zájmy se jasně střetávají. Ale on je ve výhodě, má pušku a udělal první krok. Ví, co chce a proč. My to máme složitější. Je tu naše ochranka, ale evidentně nechce riskovat. Filmaři nechtějí opustit vozy s drahými přístroji. Také by to znamenalo konec natáčení. Situace volá po kompromisu, a k tomu musí někdo vystoupit z auta. Je tu dilema.

Sen neúprosně pokračuje. Pocit úzkosti převládá. Je to ještě sen, nebo realita? V sázce jsou naše, ale i životy povstalcovy a zraněného muže. Náhle sen končí. Je nový den a nové natáčení.

Všichni víme, že ta prožitá skutečnost je realitou. Je ještě čerstvá a nezachycená nikde kromě naší hlavy. Ale jak překvapivě rozdílné jsou detaily svědků příhody. To vyšlo najevo ještě večer na zahradě ve voňavém vzduchu. Podstata prožitého příběhu je u všech stejná, ale jak odlišné je podání i chápání celého příběhu, je až neuvěřitelné.

Souvislost mezi povstalcem a pardálem se objevuje ve vyprávění spíše jako pověra, něco jako kočka přes cestu, jak to označil jeden z ochranky. Celá příhoda je tímto pojetím nadlehčena. Je spíše humorná, bere ostří celému příběhu. Zdá se, že nikdo nevěří na pověry, nebo alespoň tuto fobii nepřiznává.

Povstalec jako proměna z pardála je neúnosná. Ani pudy obou tvorů nelze ztotožňovat. Povstalec není zdivočelé zvíře, ve většině případů jedná logicky, sleduje svůj cíl. Povstalec také postrádá krásu a majestátnost pardála, která nám imponuje. Jen jedna vlastnost u obou je nabíledni. Zaútočili by oba v případě nebezpečí, i když třeba zdánlivého. Proto všichni tak zkameněli při jejich objevení a oddechli si, když pardál zmizel. Když povstalec ale zůstával na scéně, napětí se vystupňovalo.

Ale teď, v bezpečí hotelu, je všechno za námi, a tak rychle mizí i ta skutečnost rychlosti, s jakou se vše odehrálo. Příběh ale zůstává v paměti všech, kdo událost prožili, a podle povahy jednotlivců se v různých podobách opět vynoří ve vyprávěních nebo v jiné interpretaci.

Merapi

Sopky žijí svůj vlastní život. Existují asi legendy, pohádky a báje, ale nejsou tak snadno k nalezení. Místní folklor jich musí v zemi, kde jsou sopek tisíce, tradovat na tisíce. Jenom Jáva, v největším souostroví světa Indonésii, má sto sopek a třicet pět je velmi nebezpečných.

Merapi (Ohnivá hora) se tyčí majestátně proti jogjakartské obloze. Je viditelná ze všech stran, ale ne vždy v celé své výšce. Není tak snadné ji vyfotografovat, jak se mnozí jistě mnohokrát přesvědčili. Tajemně se zahaluje a nepředvídaně odhaluje. Stane se často, že tak dlouho a lopotně vydobytý záběr Merapi prostě není, zmizí. Nikde nic. V Kodaku se zaměstnanec jen vševědoucně usmívá. To je prostě naše Merapi – nedá se jen tak od každého fotografovat. Prý čeká na svou jedinečnou příležitost – na své probuzení z hlubokého spánku.

Tak ty báje a pověsti musí existovat, ale nikdo o nich nechce mluvit. Přivolávají snad lidem katastrofu, že se o nich bojí mluvit? Jsou přece legendy o královně Indického oceánu Nyai Kidul, proč ne tedy o sopkách? Možná že jsou to mýty o stvoření indonéského souostroví, jako ten o vyhaslé sopce Tangkuban Prahu (Překlopený člun) na západní Jávě. Musí tu být skrytý symbolismus pochopitelný jen Indonésanům. Tangkuban Prahu již ničím nehrozí. Merapi je však živá. Její síla je stejně ničivá jako blahodárná.

Jména sopek jsou úžasná, znějí jako hudba – Gunung Agung, Krakatoa, Merbabu, Salak, Rakata, Galungung, Gede, Korinti. Otřesy půdy jsou provázeny hřmotem připomínajícím zvuk velkých bubnů. Jeden úder – nebezpečí, dva údery jsou velké nebezpečí – evakuace žen a dětí. Tři údery – zachraň se, kdo můžeš!

Geologické složení většiny indonéských ostrovů není ukončeno. Je tato skutečnost důvodem esoterismu? Neustálá aktivita zdejších sopek také vyvolává mohutné příbojové vlny – ničivé tsunami. Po všech těch hrůzách se však tisíce lidí vracejí zpět. Obroda, půda zúrodněná lávou je volá zpět.

Je známo, že se lidé často vrací na místa katastrof. Také ti, kdo mají nebezpečné povolání, se jen tak nevzdávají své profese, která jim dodává značné uspokojení a dávky adrenalinu. Medici v zónách bez hranic, technici na výškových stavbách nebo třeba potápěči a hasiči jsou také v neustálém nebezpečí, a přece se svého povolání jen tak nezřeknou. A stejně tak vulkanologové – sopkaři. Jsou v pohotovosti. V Indonésii nebo na Filipínách, čím nebezpečnější, tím lákavější.

Merapi je nebezpečí samo, čiší to z jejího jména. Má krutou a nezkrotnou povahu. Je svéhlavá až k pláči. A slz bylo již na její účet prolito mnoho, mrtvých oplakáno, rýžovišť a obydlí zničeno. Ti, kdo žijí na jejím úpatí a obdělávají rýžoviště na jejích svazích, těží z její úrodné půdy, která je živí. Také jí nezapomínají vzdát úctu modlitbou, hudbou gamelanu a rituály podle zemědělského kalendáře. Jsme na pochybách, vzývají-li ochránkyni rýže – bohyni Sri, nebo nejmenovanou sílu, vlastní jenom Merapi.

Mísí se tu hinduismus s animismem, založeným na filosofii, že vše, co obklopuje lidi, má svou duši. Duše sopek ale nemá jméno, není tu ani božstvo, které by se dalo pojmenovat. Jsou tu jenom sopky a jejich jména, která jim dali lidé kolem nich. Uctívat božstvo sopek nelze. A dávat najevo, že o nich víme, lze jen nepřímo, jaksi oklikou.

Možná proto se Merapi chová tak lstivě. Jednou rukou dává a druhou bere. Jako by vyzývala ke hře. V Jogjakartě je stále slyšet slabé pohřmívání. Obyvatelé je již ani nevnímají. Usínají za stejného zvuku, jen někdy se pozastaví, když se začnou ozývat hlučnější zvuky a monotónní skladba se mění v dramatický rytmus nabývající na síle. Ke změně zvuku patří změna panorámy. Vrcholek sopky se rychle ztrácí v šedých prstencích mračen a nelze nemyslet na nebezpečí aktivní sopky. Sem tam se objeví drobné zprávy v novinách, televizi nebo rozhlase. Lidé si toho zpočátku ani nevšimnou. Většinou také vše utichne. Informace v médiích stejně jako silnější dunění z nitra sopky. Nic se prostě nestalo, jen slabé pohřmívání opět zapadá do normálního rytmu života.

Někdy ale nedojde k návratu do běžného životního rytmu. Naopak, ozve se výhružný signál, který nabývá na síle a dává najevo, že dovádivé hře je již konec, že dochází ke klimaxu. Ohnivá hora Merapi dává své vrtochy patřičně najevo. Jogjakarta ztichne v očekávání, jako by se náhle schoulila v údolí. Vkládá své naděje ve svou předsunutou výspu Kaliurang, že obrovskou ničivou sílu sopky Merapi zadrží. Snad láva nedorazí až tam. Snad se stane zázrak a běsnící sopka se nabaží nejbližších vesniček, prázdných po evakuaci.

A zázrak se opravdu stal. Město opět ožilo svým každodenním rytmem. Dokonce ani nebylo třeba všechny vesnice v ohroženém pásmu vyklízet. Je to první území, těsně za zemí nikoho, kde stojí jenom seismografy. Byl to tedy jen planý poplach. Prý něco jako cvičení, jak se o tom mluví mezi sopkaři a jak se to traduje mezi laiky.

Návštěva sopky je úžasný zážitek, ale vůbec poprvé je prostě ohromující. Díky nedávnému většímu poplachu je malý univerzitní hotel ve čtvrti Bulak Sumur již připraven pro nepočetnou skupinku tří vulkanologů z Jakarty. Je mezi nimi také sopkař z Prahy. Chystají se na jednodenní expedici na Merapi. Džípy je dovezou až k meteorologické stanici. Pak se v doprovodu místního sopkaře vydá skupinka pěšky k sopce.

Místy je to prudké stoupání, místy téměř pohodlná chůze až k malé řece, která je v tomto období neobvykle rozvodněná. Stále je ale možné najít celkem schůdný brod. Nikoho ani nenapadne se vracet, přestože místní specialista upozorňuje na změnu hladiny řeky. Terén se poměrně rychle mění. Hustý porost stoupajícího svahu polyká chodce. Jako by se před nimi otvíral temný stan, sálající horkým vlhkem. Obloha jako by neexistovala, jenom kdesi ve výšce je spletená vegetace. Je tu neobvyklé ticho jako v katedrále. Porost se mění v klec. Vedro, vlhko, přítmí a v rozpáleném povrchu popele na dalším úseku cesty vykukují květy. Jsou to opravdu orchideje.

Na cestě ke kráteru sopky se již vystřídalo několik vegetačních zón. Ty neskutečně něžné květy tomu všemu daly skvostnou korunu. Je tu světleji, nohy se boří do nánosu horkého popele a síra proniká do nosu. To je signál pro sopkaře. Sbírají vzorky, dokumentují, pohání je nadšení a pracovní zaujetí.

Pokud jde o laika, ten cítí jen nebezpečí. Vnímá tlumený hukot, potí se, pálí ho horký popílek, který proniká, kam se dá. Hukot z hlubin kráteru nabádá k návratu. Je čas se vrátit, opustit doménu Merapi. Merapi je nevyzpytatelná, nelze zkoušet její trpělivost. K hostům se zatím chová shovívavě. Jen aby její trpělivost vytrvala po dobu sestupu skupinky zpět do údolí.

Návrat z kouzelného, ale hrozivého světa do nižších poloh svahu je pro všechny úlevou. Vítají přítmí džungle. Uvolnilo se napětí, překvapivý vodopád radosti ze života probral všechny účastníky. Ale náhle všichni ztichli. Cosi vzdáleně hučí. Ale není to sopka. Je to jiný hukot. Hukot valící se vody. Monzun. Obloha se otevřela, plnými proudy se přihnal liják. Skupina se zastavuje a hledá úkryt. Všichni prchají zpět do hustého porostu džungle. Konečně liják ustal.

Sopkaři míří k řece. Ta se ale již nedá přejít po známém brodě. Na druhé straně rozvodněné řeky mává šofér džípu. Vybízí k návratu. Ukazuje k určitému místu, kde ještě stále lze přejít, i když je to již hazardní. Na úpatí sopky nebo v džungli nemůže nikdo zůstat. Vody přibývá, za chvíli padne noc. V hnědé hučící vodě se valí větve. Přechod je nebezpečný, ale ještě nebezpečnější je zůstat. Merapi začne běsnit a láva vše pohltí.

Lokální sopkař chystá lano. Všichni ve skupině jsou jištěni lanem kolem pasu. Průvod vstupuje do řeky, jeden za druhým opatrně našlapuje. Každý hledá bezpečnou oporu pro nohy. Nesmí se nechat nést proudem. Jeden podpírá druhého. Všichni hlídají větve, trámky, kameny a trsy půdy, které se valí kolem. Na druhém břehu řeky stojí meteorologové a fandí.

Konečně všichni dorazili ke spásnému břehu bez úrazu a kousek od stanice. Rychle horký čaj, ven z mokrých šatů a zabalit do přichystaných pokrývek. Jekot zubů se mísí se smíchem a úlevným žertováním.

Merapi se přece jen ukázala v té druhé podobě. Vzala si na pomoc monzun, ale díky Bohu nevychrlila na vulkanology lávu. Její horký dech je vlastně jen trochu polechtal, aby se neřeklo.

Převozník

Nevypadal vůbec jako převozník, alespoň ne podle představ založených pravděpodobně na vyprávěních ze starých řeckých legend. Také se do toho všeho plete převozník duší z Hády, obolus a svíčky kolem dokola, a penízky na víčkách zesnulého.

Proč se zrovna vybavuje tato verze, když sedíme po únavné cestě vlakem z Yogyi na střední Jávě do malého přístavu na východním cípu Jávy, v malém kiosku u talíře rýže s masem na paprice? Čekáme na přepravu loďkou z Banyuwangi do Gilimanyuku, dalšího malého přístavu, tentokrát na druhém břehu úzkého průlivu. Plavba je to krátká a budeme na ostrově Bali. Převoz je konečně po obligátním dohadování zajištěn a při plném vědomí, že přeplácíme, protože nemáme na vybranou; agent nezastírá, že je mu to jasné.

Převoz prostřednictvím pravidelné dopravy by mohl být k dispozici až ráno. Nechceme čekat. Nemáme ani kde. Jsme unavené z vlaku, děsíme se přesunu do losmenu (primitivního hostelu). V kiosku zůstat nemůžeme. Je večer. Vlastně máme štěstí, že malá loďka plná nákladu ještě dnes v noci zvedne kotvu k plavbě na Bali. Agent dostává peníze a svá procenta. Jíme v klidu, zapíjíme studenou limonádou, platíme kávu i pro agenta a zapalujeme si každá cigaretu. Budíme pozornost a zdá se nám, že i obdiv za náš úspěch v jednání s agentem.

Konečně se objevuje v kiosku štíhlý mladší muž a míří k agentovi. Podobá se plavčíkovi na plážích, ale již po práci, v plátěných bílých dlouhých kalhotách, bez trika, bosý. Na krku má řetízek. Agent s námi končí. Jeho „selamat jalan" – přání šťastné cesty ještě doznívá za námi, když se zavazadly následujeme našeho převozníka.

Jsme konečně na loďce, asi škuneru, mezi bednami a pytly. Hledáme vhodné místo k sezení. Prostor je přeplněný věcmi. Trvá věčnost, než se usadíme. Jsme jediní cestující. Motor naskakuje.

Díváme se na hodinky. Svítíme si malou baterkou. Podle agenta by plavba měla být krátká. Neřekl ale, co to znamená. Hodinu, nebo dvě? Nevíme a náš převozník je již kdesi vepředu u motoru. A chystá také plachty pro případ, že by zavál vhodný vítr.

Až teď se nám hlavou honí různé pochybnosti. Dohodl agent vše správně? Poplujeme na Bali, do Gilimanyuku? Ne na Lombok nebo Maduru? Proč není na loďce ještě jeden námořník nebo rybář – prostě další chlapík? Co když nás zastihne bouře? Plavba průlivy je prý nebezpečnější než na otevřeném moři. Ale jsme tu.

Převozník se odkudsi vynořuje a mává na nás. Signalizuje, že vyplouváme. Ukazuje na překrásnou tropickou oblohu plnou hvězd. Je tu vidět Jižní kříž, nebo si to pletu? Loď ahoj, již pnou se plachty bílé, nad námi zahoří Jižní kříž. Ale to snad patří k Havaji a Tahiti, vůbec kamsi ke Karibským ostrovům, ne?

Uvažujeme o našem převozníkovi, co asi dělá, když zrovna není na palubě nákladní loďky. Nebo je plavba jeho stálé zaměstnání? Jak asi žije a kde? V Banyuwangi, nebo v Gilimanyuku? Odhadujeme, že není Balijec, ale Javánec. Má štíhlejší obličej i užší nos a trochu tmavší pleť. Plavba je klidná. Zklidnily jsme se. Náš převozník definitivně ví, co dělá.

Povídáme si o Indonésii. Téměř šeptáme, i když nemáme důvod. Náš převozník je na druhé straně loďky, k nám jen vane cigaretový kouř hřebíčkových cigaret Kretek, hrubší varianty Garamek, které známe z trafik, dokonce i z Evropy, Austrálie a Nového Zélandu. Hodně lidí je kouří, i běloši v nich našli zalíbení. Hřebíček v tabáku cigaret příjemně chladí, cigarety chutnají jako mentolky. Navíc kouř pronikavě voní.

Bájíme příběh převozníka. Přisuzujeme mu povahu, asi trochu lehkovážnou, k tomu nás vede jeho pěkný zjev. Shodujeme se, že by stál za hřích. Jak by ale vše dopadlo, kdyby došlo k věci, je nám oběma celkem jasné. Neriskovala by ani jedna z nás. Konečně by neriskoval asi ani on. Necháváme ho tedy v jeho rodinném kruhu s pěknou mladou ženou a určitě i kupou dětí.

Bude asi starší, než si myslíme. Většinou to tak je, když běloch odhaduje věk Asiata. Jsou jiní snědí mladíci na plážích Bali, sedí u plechovek Coca coly nebo Pepsi u stolků před jídelnami nebo v hotelových foyerech a přesně dovedou odhadnout situaci. Průvodce – Miss? Společníka? Organizátora túr, vyjednávání s taxíkem? Jsou ochotní a netají se tím, že je to jejich zaměstnání. Ale do této kategorie asi náš převozník nespadá. Konečně, kdo ví. Jestli ho potkáme na balijské pláži Sanur, tak se na nás usměje a my na něho.

Zatím se před námi začínají mihotat světla přístavu. Oddechly jsme si. Je to Gilimanyuk, jsme na Bali. Opouštíme loďku i našeho převozníka. Nabízíme mu naše cigarety, děkujeme za bezpečnou plavbu. Usmívá se, dává nám zase na oplátku Kretky. Ptáme se, jak se dostaneme na Sanur. Je trochu udivený, že na nás nikdo nečeká. Radí nám, ať v Gilimanyuku přenocujeme. Autobus pojede brzo ráno. On se vrací s loďkou opět s nákladem zpět do Banyuwangi.

Z Gilimanyuku na západním pobřeží Bali napříč ostrovem do Sanuru, známé pláže blízko Denpasaru na jihovýchodním pobřeží Bali, je cesta daleká. Jsme sice unavené, ale láká nás představa pěkného ubytování v bungalovu u moře, kde chceme jako za odměnu přespat dvě noci, než se vydáme na pár výletů po Bali. Denpasar, Ubud, Gianyar a Besakih. Nechceme ztrácet čas v ospalém přístavu, hledáme dopravu na Sanur.

Konečně se našla stará bryčka i s kočím, ochotným podstoupit za celkem slušné peníze tu několikahodinovou cestu. V tom zápalu putování za cílem naší cesty, který slibuje pohodlí, ani nemáme hlad, dokonce se nám ani nechce spát. Jedeme ztichlou tmavou krajinou, projíždíme vesničky a určitě si i zdřímneme. Náhle začíná svítat a my si uvědomujeme, že dorážíme na pokraj Denpasaru. Na Sanur už to není daleko.

Sanur šedesátých let, s jedním hotelem evropského standardu i s hotelovým lékařem. Myslíme již jen na koupelnu a postel. Po pár hodinách odpočinku nám to ale nedalo. Otvíráme dokořán dveře a vycházíme na velkou krytou verandu. Na stolku je přichystáno občerstvení. Moře před námi je úžasné. Jaké asi může mít pocity Středoevropan poprvé u moře, vlastně v laguně? Pocit krásy až k pláči. Všechny filmy světa se tomu nevyrovnají.

Moře je klidné. Vlny mírně naráží na bílý písek pláže. Je jasno a nedaleko od hotelu je možno zahlédnout ostrov Lombok. Nusa Penida, další z blízkých ostrovů, je v dohledu přímo z terasy bungalovu. Nic nedokáže připravit vnitrozemce na oslňující moře, které barevně splývá s oblohou. Na horizontu se téměř dotýkají. Bílá pěna vln v modrém moři je jako bílé beránky na modré obloze. V tuto denní dobu nelze rozeznat, kde končí moře a začíná obloha.

Je téměř nemožné si později vybavit zrovna tento obrázek, když kolem nastane tropický večer a obloha i moře ztemní. Ta proměna je násobena ještě hukotem moře. Jako by se moře vzbudilo z denní siesty plné elánu. Ještě později si moře obléká tmavozelený až černý šat a ozývají se zvuky někdy kvílivé jako hlasy plaček, někdy hrozivé jako hukot bombardéru. Připomíná zemětřesení nebo ohlušující hukot aktivní sopky.

V noci je život moře obzvlášť výrazný. Ostrovany to vše uklidňuje, dalo by se říci, že je to ukolébává k spánku. Také postřehnou jakoby šestým smyslem i tu sebenepatrnější změnu v rytmu narážejících vln. Vzbudí je ohrožující silný vítr, který vane určitým směrem. Směrem k rovníku, kde se choulí Bali, jsou pasáty – větry, které duly do plachet velkých obchodních lodí. Anglický termín je „trade wind".

Monzuny jsou dvoje. Ten suchý – severovýchodní a mokrý – jihovýchodní. Oba monzuny vanou směrem od rovníku. Ženou se průlivy až na otevřené moře. Trosečníci vypráví stovky příběhů a další jsou zaznamenány v úžasných námořních denících a zpracovány v nespočetných románech a filmových scénářích.

Náš převozník byl třeba námořník na zaoceánské lodi nebo plavčíkem na meziostrovních lodích. Mohl také sloužit v námořní flotile. Každá z variant mohla posloužit jako vysvětlení jeho způsobu obživy.

Při usínání na mořském pobřeží se sny odvíjí lehce, s mořskou hudbou v pozadí. Chvílemi jako by moře vnikalo až do bungalovu, ale je to jen klamný pocit. K ránu je odliv, nebo příliv? Je to stejné na rovníku jako u pólu? Na to všechno by snad mohl odpovědět náš převozník. Co si asi on myslí o dvou bílých cestovatelkách, které projíždějí Indonésií na vlastní pěst?

Na začátku šedesátých let definitivně neexistovaly „backpackers". Byly tu ale „government houses", hostely pro státní úředníky, kteří jezdili vyřizovat nejrůznější záležitosti, při kterých bylo zapotřebí osobní intervence. Později byla možnost ubytování i v misiích, pokud se dal příjezd předem ohlásit. Pak přišly do obliby YWCA a YMCA.

Samotné dvě mladé ženy bez organizovaného programu musely vzbudit přinejmenším podiv. Náš převozník se však neptal, nedal ani najevo svůj údiv nebo překvapení. Korektnost, určitý odstup a jasný postoj někoho, kdo poskytne dobrou službu za přiměřený, předem dohodnutý obnos. Důvěra na obou stranách, na naší straně i pocit bezpečí. A přece, jako by nám chybělo to škádlivé nevinné flirtování mladého Evropana, které by okořenilo noční převoz z Jávy na Bali, kdyby byl náš převozník bílý mladík. Nebo kdyby v lodi našeho převozníka seděly dvě mladé Indonésanky, také by tu byla jiná situace. Svět je plný překvapení, neočekávaných, ale i těch nevyhnutelných.

Život je plný náhod. Z některých se vyklubou nehody i dramatické situace, z jiných jen událost či zážitek bez nepříjemných následků. Převozník musí být v podstatě zodpovědný člověk, myslí na svou práci, kterou vykonává za peníze, nechce žádné nepříjemnosti, nemá postranní úmysly. Vždyť i on riskuje. Co kdybychom se na něho domluvily a z nějakého nepředstavitelného důvodu si stěžovaly na jeho chování? Měl by problémy, mohl by ztratit svou práci nejen zde v Banyuwangi, ale i Gilimanyuku.

Říkáme si, zda by vzal na tu pozdní plavbu jen jednu bílou ženu? Docházíme k závěru, že asi ne. Taková situace by asi vůbec nenastala, nedá se srovnat s jízdou jedné ženy v taxíku v Evropě, kde jde o běžnou záležitost. Koneckonců i v Orientě, i když se to nedoporučuje. Prostě jsme riskovaly stejně jako on.

Takových situací je mnoho, a pro každého, kdo už z jakéhokoliv důvodu cestuje sám v kterékoliv části světa. Máme přece jakýsi šestý smysl, pracuje většinou spolehlivě, a proto jsou občasné dramatické situace tak šokující. Nečekáme od lidí to nejhorší, právě naopak. Když slevujeme, potom jen neradi, a hledáme alespoň sympatie. Co bolí, je neúčast. Je to projev lhostejnosti z nezájmu, nebo ze strachu z angažovanosti? Někdo by po nás něco chtěl, ale my chceme svou anonymitu, svůj klid, své pohodlí. Je to opravdu nedostatek citu vůči bližnímu, anebo jen docela obyčejná obava, že se zapleteme do čehosi, co by nás mohlo přijít draho? A když ne zrovna teď, v tuto chvíli, co do budoucna?

Jsou ovšem taková zaměstnání, kde je neustálý poměrně úzký styk s lidmi nevyhnutelný. Dělají je ovšem lidé, kteří se k tomu hodí, kterým stačí vědomí legální ochrany. Kteří také poznají, že se blíží k místu na tenkém ledě a dokáží obratně odbočit. Náš převozník k nim asi patří. Proto ten zdvořilý odstup, to nenásilné udržení soukromí. A proto také náš pocit bezpečí po celou dobu plavby.

Zvonění

Cesta vedla rýžovišti. Kolikrát už jela stejnou trasou? Ani se jí nechce počítat. Bali – její první seznámení se zvuky moře v tichu noci. Jen motor někde bzučí – pickup van, motorka, jeep, taxi? A nekonečné množství hvězd v celé své nádheře se ukáže na velkém úseku oblohy, co se náhle rozprostře, když hustá střecha stromoví, co stíní cestu, jim to dovolí.

Proč se sem stále vrací? Jsou přece jiná místa, tady nebo kdekoliv jinde na světě. Proč zrovna tento malý ostrůvek, a proč tento koutek, kam teď směřuje rovnou z denpasarského letiště? Sanur, bungalov u moře. Ne Bali hotel, taky ne o něco dál do Kuty, nebo ještě dál na Legian, co ještě tenkrát neexistoval na cestě z Gilimanyuku, kam dopluješ z Jávy. Je to prostě Sanur, kam ji to táhne, kde to všechno začalo, a kde to také končí. Nebo ještě ne? Začalo to cestou v kočáře, vlastně v drožce, a to z Gilimanyuku, kam připlula z malého přístavu Banyuwangi na Jávě.

Sanur byl tenkrát jediné rekreační středisko na této trase s ubytováním u moře. Resort to tedy zrovna nebyl. Jeden velký hotel a několik domků – to bylo vše. Výhodná pozice, blízko denpasarského letiště. Prostě počátek balijského turistického ruchu. Ta horečnatá stavba resortů, co rostly jakou houby po dešti, to vše přišlo později. Ospalá vesnička Kuta, kousek od Sanuru, se jako mávnutím proutku proměnila v cosi jiného. Obživla pro okolní i místní vesničany, rybáře, rolníky, řezbáře, hudebníky a tanečníky.

A pak již se proud nezastavil. Další přísun lidí z jiných ostrovů – z Jávy, Lomboku, Sumatry. Kuta rychle nabývá jiný charakter. Ztrácí svůj balijský poklid. Když člověk zavře oči, nebo je otevře doširoka, neví s určitostí, že je na Bali. Může zrovna tak být na jednom z jiných míst překypujících turisty, kdekoliv v jihovýchodní Asii. Ale přece jen ne tak docela. Gamelanová hudba má jiný spád, a indonéština přece zní jinak než tajština, pokud nejsi zrovna na trhu, nebo na pláži, kde se jasně obchoduje malajštinou – linqua frankou celé jihovýchodní Asie a snad i Pacifiku a části pobřeží Indie.

Škoda! Škoda? Všechno jí to prochází hlavou. Ta dynamika života. I jejího. To soustředění na Kutu vlastně oddálilo přívalovou turistickou vlnu na Sanur. Ale opravdu jen oddálilo, změně nezabránilo. Sanur je „učesaný", upravený park, uzavřený prostor, prostě resort. Jen její prožitky z minula jí pomáhají udržet tu tolikrát zmizelou idylku.

Dnes sedí v pickup vanu ještě s několika dalšími hosty sanurského resortu. Neznají se, ale padly první věty. Jste tu poprvé, znáte jiné části Bali, jste tu sama, čekáte známé? Jak jiná byla atmosféra v kočáře z Gilimanyuku. Jak hluboko jí leží v hlavě dojem z té tropické noci. Vlhko, horko, dusno. Žádná klimatizace dnešního vanu. A vůně, vůně čeho? Nevěděla a ptala se: „Co to voní?" Takhle vlastně začal rozhovor v kočáře s jejím jediným spolucestujícím. On tenkrát řekl: „Asi jste to vy. Co máte za parfém?" Ani si nemyslela, že on čeká na odpověď. A než odpověděla, zaznělo zvonění. Opravdu zvonění zvonkem. A byl to jejich kočí, vlastně drožka. A těch zvonění po cestě na Sanur bylo ještě několik.

V dnešním vanu by šofér mohl zatroubit, kdyby chtěl, nebo věděl, nebo prostě vůbec dbal. Ale nestalo se a její spolucestující ve vanu buď neví, nebo zapomněli, nebo prostě také nedbají. A je to přitom tak milé gesto. Přivolává kouzlo, připomíná zvyky Balijců.

Cesta z Denpasaru na Sanur je poměrně krátká, rozhodně kratší než z Gilimanyuku. Je večer, a i ten krátký úsek cesty alespoň částečně probíhá mezi rýžovišti a je vroubený palmami. Šofér by mohl přece jen zatroubit, alespoň jednou. Nestalo se. Co bylo, bylo. Teď je teď. Ale stejně se k té jízdě z minulosti stále vrací. Dostalo se jí vysvětlení, nejen pro to zvonění na Bali, ale i pro její zamotaný život. On byl ten klíč. Zvonění je signál. Ale čeho?

Sanur – jsou tady. Spolucestující vyhlíží vchod do resortu. Ona není v hlavní budově, ale musí stejně do recepce. Chce již být u sebe, v malém bungalovu, jen kousek od vln moře. Je jich jen několik, v krátké řadě, pro jednotlivce jako je ona sama, nebo pro páry, co hledají soukromí. Naštěstí nejsou těsně u sebe, a i stranou od velkých altánů pendopo, kde se prostírá k jídlu. A také od baru, kde tenktrát jejich rozhovor pokračoval, když dorazili v kočáře. „Tak, co je důvod toho zvonění?" ptala se znovu. „Zvoní, nebo voní?" on na to. „To jsou vlastně hned dvě otázky. Jedna je moje a jedna vaše," rychle odpověděla.

„Zvoní drožka a voní frandžipán," řekla. „Odpověď znám, ale dnes už vím i důvod toho zvonění. Je to díkuvzdání bohyni úrody Dewi Sri. U nás se hází rýže nebo konfety na právě oddaný pár. Aby měli hodně dětí a měli co jíst. Tady se zažehnává neúroda, hlad, kletba – zvoněním i obětinami. Proto ty frandžipány. A pocestní zvoní, klepou vším, co mají právě po ruce, zvoní v betjaku, na kole, v drožce i v autě. A když je přece jen postihne neštěstí, volají dukuna – šamana."

Nikdo z té party ve vanu nesměřuje k bungalovům. Jde sama s úslužným Indonésanem ke svému domku. Veranda, zavazadla uložena v pokoji, termoska s čajem vedle sklenic na stole. Miska s ovocem. Úsměvy a úklony. A teď – teď je sama.

Už ani nedoufá, že se tu objeví i on. Ztratili se jeden druhému. To nevyřčené, co je ze začátku přitahovalo, je také rozdělilo. Vždyť o sobě nic neví. Jen se tu na Sanuru objevovali, oba osamělí, dvakrát do roka ve stejnou dobu. Jak dlouho? Neuvěřitelných pět let. Pravidelně každý rok – po pět let. A najednou nic. Dlouhá pomlka, která asi již potrvá. I ona to téměř vzdala, když se tu on neobjevil. Vynechala pár let. Když sem znovu přijela, doufala, že tu bude i on. Nebyl. Ani žádná známka, že by tu byl, že by se ptal, nechal vzkaz. A co proboha bránilo jí, aby zanechala po sobě stopu. Teď toho lituje.

Sedí na verandě v tichu pokročilého večera. Váhá. Má najít něco k jídlu v hlavním hotelu, nebo dá zavděk ovoci z nachystané misky? Zvedá se, pohne se směrem ke stolku, je napolo otočená do pokoje, a teď to slyší. To zvonění, ten signál. Zlomí se ta stěna samoty? Je to ten jejich signál?

Vykřikla nevědomky. „Co to zvoní?" V odpověď zaznělo: „Ruším starou klatbu a odháním tu novou. Jedu z druhého konce resortu. Půjčil jsem si kolo." Ten známý hlas není jen mámení. Otáčí se po hlase. Vidí jeho siluetu.

Dostala ze sebe křehkým hláskem: „Zvonění asi nestačí. Klatba byla nekonečná. Potřebuje to dukuna."

On vytahuje zevnitř trička voňavý frandžipán. „Obětiny mám," říká. Co se děje? Ona je jako ve snách. Déjà vu. Už to tu jednou bylo, i když v jiné podobě. Soustřeďuje se, aby zvládla situaci. Nevykřikla: „Kdes byl tak dlouho?" Nepadla do mdlob. On se opět ujal slova: „Dukana jsem již objednal. To musí být telepatie." Stojí teď těsně u sebe. Kolo je opřené o verandu. „Bar?" řekli to slovo téměř současně.

Chůze horkým večerem k baru jim oběma poskytla čas. Stalo se, v co doufali. Opět se našli po odmlce tak dlouhé, že téměř vylučovala i nepatrnou možnost nového shledání. A přece sem oba znovu přijeli, aniž se domluvili. Doufali, že ten druhý tu bude, a nebude unaven marnými příjezdy po kolikáté už natolik, aby to vše vzdal.

Dukun, proč, a jak, a kdy? To přece není tak jednoduché. Byla to jen věta hozená do větru? A to gesto s frandžipány ještě k tomu. Ten fotbal slov lehkého hovoru, tak jako vždy, když se setkali neplánovaně v minulosti. A proč ta dlouhá odmlka? A teď další pokus o návrat k tomu lehkému nezávaznému „nic".

Sedí teď oba na konci baru. Hledají očima ve tváři i toho druhého tu proměnu vztahu. To dávné zvonění, byl to opravdu signál? Po celou tu dobu, co se scházívali to tak vypadalo. Jako signál životních proměn jich obou. Teď jen váhají. Jeden čeká na toho druhého, že promluví první. Co je mezi nimi za tajemné pouto? Proč je vábí ukrýt soukromí, své i toho druhého? Vábí je to a zároveň se toho bojí. Vždyť se raději oba vzdali na dlouhou dobu dalších setkání. Jakoby oba tušili, že nemohou pokračovat na stejné úrovni. Že se musí buď úplně odmlčet, nebo se dát všanc tomu druhému.

„Rozvedla jsem se před dvěma lety," řekla. Odpověděl: „A já jsem se zrovna přestal objevovat, že? Všechno se kolem mne sypalo.

Práce, soukromý život. Nejvíc zdraví. Už mne nemohly spasit ty občasné přílety na Bali. Ani se nemohly vejít do mého úsilí postavit se znovu na nohy. Já jsem potřeboval víc. Hodit vše za hlavu, uvolnit pouta. Záchytný bod jsem neviděl. Naše tajemná setkání byla příliš křehká, nechtěl jsem riskovat a přece jsem jen riskoval, že nepochopíš mou odmlku, že ty sama všeho necháš. Ale nakonec bylo snazší nechat ten tropický sen snem."

Tvář se jí chvěla potlačovaným citem. Poslouchala se smíšenými pocity. Jak jinak reagovala ona sama! Přijela sem naposledy celá bolavá, chtěla se vymluvit a vyplakat na jeho rameni a on tu nebyl. Ani ten osudný rok, ani potom, kdy už sem přijížděla jen nepravidelně.

Nedalo jí to se nezeptat. „Už ani jeden, po posledním setkání se mnou, ani jeden přílet? Doteď ani jeden?" Téměř jí není ani rozumět. Vzlyká. Ona to nevzdala. Ona ne! Ještě přiletěla, i když jen několikrát. Ale marně. Tak smíšené pocity již dlouho neměla. Ví on, co chce, nebo také tápe? Všechno visí ve vzduchu, alespoň z její strany. Proč nepřevládá radost? Bojí se. Zlobí se na sebe. Nechá rozhodnout jeho? Bude to, co chce ona? Co když to bude opět jen intermezzo, i když třeba tentokrát delší?

Bere ji za ruku, jako by ji bral do náruče, tak je to gesto důvěrné. „Neplač, vždyť ti říkám, že tu klatbu zlomíme. Jsi volná a já taky. Jen na mně ten minulý život s rodinou stále lpí. Nevím, jak je to s tebou, proto jsem konečně tady. Ten dukun, to myslím vážně. Přítel ze studií má takové exotické styky. Seznámím vás, je teď zrovna také tady."

Uklidnila se. Již dále nerozebírali své životy. Před nimi je několik tropických dní a nocí. Dopili arak – pálenku z fermentované rýže – a vrací se do bungalovu. On sedá na kolo a odjíždí. Zvoní. To zvonění se rozléhá ztichlým večerem a je slyšet ještě dlouho potom, co jí zmizel z očí.

Rozhodla se. Nechá vše na něm. Nechá se nést. Vždyť tak to bylo celou tu dobu, ona s tím začala, s tím přijímáním, s tím samozřejmým očekáváním, že se zde opět setkají. Jak to pak bolelo, když najednou „jako když utne".

A tak se zatvrdila, zakázala si ty výlety na Sanur. Nepočítala s tím, že bez té romantiky nedokáže přežívat v dávno již mrtvém vztahu se svým mužem. Místo, aby křísila své manželství, upnula se na nezávaznou romantiku.

Nač to všechno bylo? A pro co? Pro ten prchavý sen, ten jen náznak možného štěstí, co jí pak uniklo mezi prsty? Ale ne tak docela. Je opět na dosah „světluška" tropické balijské noci. A co ten jeho přítel, a dukun, ... co znamená to dnešní zvonění, ...? Konečně usíná do zvuku mořských vln. Co přinese zítřek, zvonění, dukun, zažehnaná klatba? Kam vede cesta mezi rýžovišti?

A je to tady. To neuvěřitelné, ten dukun. Jsou všichni čtyři v uzavřeném dvorku starého balijského domu na okraji Denpasaru. Není to pro ni zcela neznámá věc. Na svých dávných toulkách po Indonésii už zažila podobnou situaci. Vybavuje si minulé setkání s dukunem jako obrazy tabla. Ten současný obraz jen to tablo doplňuje o jiné osoby.

Tři muži a jedna žena. Ostatní kamsi zmizeli, když přinesli pití. Skleničky silného čaje přikryté stříbrnými víčky jsou na malém ratanovém stolku. Kolem je rozestavěno několik židlí. Z balijského hovoru přítele svého milence toho mnoho nepochytí. Jen se dohaduje o významu některých slov. Proč nemluví indonésky? Proč se nic neděje? Ani vlastně neví, co bude dál.

Pohlédne do obličeje toho, který je jí snad nejdražší na celém světě. On zachytí její pohled a šeptem ji uklidňuje: „Neboj, nebude to žádná černá magie. Nepřivolávám nic zlověstného. Naopak, hledám odpovědi. Co je před námi dvěma, a která doba je ta nejvhodnější k rozhodnému kroku."

Konečně se dukun přiblížil. Má vrásčitou, usměvavou tvář. Rozprostřel batikový šátek na schodek pury – domácího chrámku. Říká indonésky: „Potřebuji něco vašeho, osobního. Ozdobu, prstýnek, šátek, od vás obou. Ať to není ale nic koupeného na Bali."

Stříbrný náramek a zlatý řetízek se ocitají na šátku. Dukun obkládá obě ozdoby malými kaménky a tvoří tak kruh.

Zapne magnetofon. Ozve se hudba a dukun pronáší slova mantry. Upadá téměř do tranzu, jak se kolébá na nohou složených pod sebou. Vše kolem nich jakoby bylo nabito elektřinou. A statika je hmatatelná. Její náramek a jeho řetízek se mírně vlní před očima. Přísahala by, že se vzdálenost mezi oběma ozdobami zmenšila. Definitivně se přibližují k sobě. I on nevěří svým očím. Oba podléhají intenzitě prožitku.

Najednou zazní pronikavé zvonění odněkud za zdí dvorku. Je tak silné, že přehluší zpěv žen nahraných na pásce i dukunovu mantru. Náhle vše utichá. Hudba dozněla, dukun se probral z tranzu. Odkudsi se objevila Balijka s frandžipány a rozsypala je na schodek pury do rohu batikového šátku.

Dukun otevřel oči a usmál se. Měl zvláštní úsměv, co mu seděl nejen kolem rtů, ale i v očích. „Všechno bude dobré, jen neváhejte s vaším rozhodnutím. Hvězdy jsou vám nakloněny. Odpoutejte se od minulosti. Patříte k sobě." Podává jim jejich věci, a jak se s nimi loučí a děkují mu, provází je k východu. Odcházejí.

A pak se to stalo. Další zvonění. Stále jí zní v uších dukunovy věty, ale to zvonění její sled myšlenek přerušuje. Ale jedna věta se jí vytrvale vrací. Začít život jinde. Ne tam, kam patří, ani zde, kde se našli, ale úplně jinde. Ta pozdní životní etapa, lákavá a palčivá, jak vyzrálé malé papričky tjabe, ta musí začít úplně jinde. Dochází k nim přítel. Jsou jako zmámení, neschopni reagovat na jeho otázku, co tomu všemu říkají. „Berete to všechno moc vážně. Je to působivé, že?"

Ale nedočká se odpovědi. Všichni zírají na vcházející ženu a jeho přítel neuvěřitelně rychle zareaguje. Přiblížil se k té ženě, oslovil ji a vzal ji za rameno. Odvádí ji k dukunovi. Ona ale otáčí hlavu a cosi volá. Situace se komplikuje. Dvě ženy, dva muži. V podstatě normální situace, ale nejasná všem dnešním návštěvníkům dukuna. Je to náhoda?

V duchu se ptá sama sebe: Ale co to zvonění, co s tou klatbou? Jakou roli hraje druhý muž? Zná zřejmě ženu svého přítele. Dále přemýšlí: Udělal to schválně? Tak to je tedy ona. Vždy si ji nějak představovala, ale skutečnost je jako obvykle jiná. Nikdy se na ni neptala. Nikdy jí neukázal fotky rodiny. Konečně, ani ona jemu. Kde se tu bere? Přijela s ním? A proč?

Proboha, co vše se jí teď honí hlavou, o předstírání, zradě, polopravdách, žárlivosti. Jak málo stačí, jak uboze málo, aby člověk přestal důvěřovat tomu druhému. Tak k čemu ty frandžipány, to zvonění a ten dukun? Dukun řekl: „Začněte jinde." „Ano, dobře. Pojedeme na Mauricius," řekla nahlas. Téměř to vykřikla. Všichni to museli slyšet, i jeho bývalá žena. Slyšela ji jak říká: „Modrý Mauricius, senzační román, že?" Těm ostatním kolem ní na dvorku to muselo znít bláznivě. Dívá se na svého milence a vidí, že i on je v šoku. Nevěděl o své ženě, určitě ne. Teď je o tom přesvědčena.

Bere ji za rameno a otáčí ji k východu. Beze slova spolu odcházejí z patia. Za zdí, před domkem dukuna stojí drožka, betjak a taxi. Aniž se domluvili, míří oba k drožce. Až v soukromí drožky, ve vymezeném prostoru, jakoby našli zase sami sebe.

Ona se opět ovládá a daří se jí to. Nevyslovuje své obavy, neobviňuje ho, nekřičí, že je určitě ještě ženatý, že jeho žena s ním počítá. On řekl do jejích myšlenek: „Jsem odloučený, čekáme jen na finále u soudu. Nebydlím se svou rodinou. Že je na Bali a že se objevila u dukuna ve stejnou dobu jako my, je absolutně absurdní."

Dívá se na ni upřeně, drží její ruce ve svých. Vnímá ho, ale není schopna jediného slova ani pohybu. Dýchá zrychleně a schoulí se mu do náruče. Cesta opět vede rýžovišti. Drožka již dávno vyjela z Denpasaru. Klid balijského tropického večera je hladí. Do nozder jim proniká sladká vůně frandžipánu i ostřejší, trpčí vůně kokosového oleje. A pražené buráky je vrací do reality. Teď míjí malý stánek, zastaví kočího, kupují čerstvě pražené buráky a usmějí se na sebe.

Když se drožka dala znovu do pohybu, blíží se k zatáčce, odkud si to namíří přímo na Sanur. A přišlo to zvonění. Opět se na sebe usmáli. „Třeba i Mauricius, když chceš. Bali už to definitivně nebude. Co říkáš? Tam, kam někdy poletíme, tak společně." Hledá ji očima, a v tuto chvíli tomu oba věří.

Henk

Takový pěkný malý hotýlek s velkou zahradou vpředu se v Jakartě jen tak nenajde. Je opravdu blízko velkého obchodního domu Sarina a hned na začátku ulice je československé velvyslanectví, což není špatné sousedství. Není ale tak jednoduché získat zde ubytování. Má to totiž pod patronátem kancelář křesťanské misie. Hotel slouží hlavně k oddechu klerikům na jejich zastávce při cestování.

Název ulice, kde hotel stojí, je Teuku Umar – známý svou udatností z historie Jávy. Je to trochu ironické, jak to již v dějinách bývá. Zato hosté jsou vždy zajímaví. Co člověk, to neobvyklý příběh. Nejde jen o kleriky, ale vždy je tu alespoň malá souvislost se zaměstnáním nebo zájmy hosta s církví. Jen výjimečně jde o někoho jiného, a v tom případě téměř vždy o akademika.

Malou jídelnou se ozývá klidný hlas mladého blondýna. To je Henk. Kolem velkého dlouhého stolu, který zabírá téměř celou jídelnu, sedí menší skupinka strávníků u časné snídaně. Je to docela příjemný způsob, jak se seznámit s dalšími hosty hotelu, pokud se zde také stravují. Při zamlouvání ubytování je ale nutné současně domluvit i stravu. Pochopitelně ne každý má zájem o plnou penzi. Většina lidí se stravuje mimo. Ale ti hosté, kteří tu zůstávají déle, jsou rádi, že nemusí opatřovat stravu venku. Jde o snídaně a večeře. Obě jídla se ale podávají poměrně časně a také brzy končí. Menu je jednotné a celkem jednoduché. Nikdy ale nechybí ovoce, ať již čerstvé, nebo upravené v salátech.

Henk je středem pozornosti. Jeho snědému obličeji dominují modré oči. Při hovoru mu jiskří a zdá se, že žijí svým vlastním životem. Celá jeho osoba působí subtilně. Štíhlá drobná postava, pevné ohebné ruce pianisty. Zaujal dokonale svou malou společnost, a to je co říci. Každý z nich je znatelně ostřílený zdejším pobytem. Určitě mohou dát k dobru svůj příběh stejně jako Henk. Ale hlavně díky tomu, že nejde o turisty znechucené vedrem a existencí žebráků, ani o idealisty žasnoucími nad vším kolem.

Okolo stolu se rozproudila živá debata. Henkovi posluchači ji rozvíjejí různými směry. Ve skupince, která se po chvíli ustálila na čtyři vytrvalce, jsou lékař, učitelka z misie a manželský pár. Henk je pilot malého letadla. Mluví o své lásce k létání, o úchvatných přistáních v džungli. Zásobuje malé izolované nemocnice a stanice první pomoci na různých indonéských ostrovech. V poslední době je to hlavně Irian a Kalimantan.

Směje se: „Moji rodiče nejsou zrovna nadšeni. Není to žádné poklidné zaměstnání a ta trasa, no ta už vůbec matce na klidu nepřidá. Ta toho ví víc než já o povětří, rebelech, stavu obou států – Malajsie a Papui.“

Lékař se dívá na nástěnnou mapu Indonésie na zdi jídelny. „Zrovna se vracím z jednání o činnosti Lékařů bez hranic. Spojené národy usilují o povolení hraničních států na Nové Guineji a Borneu, aby zajistily jejich bezpečnou přítomnost. Jakarta sice vítá tuto humanitární organizaci, ale zástupci Malajsie a Papui se dožadují větší kontroly hraničních území, a to v podobě zesílené armádní přítomnosti.“

Henk poslouchá se zájmem, stejně jako další tři debatující – manželský pár a misijní učitelka. „Proč zrovna tato část světa, a ne třeba Evropa – jako kvůli mamince?“, ptá se mladá učitelka.

Henk se jí upřeně zadívá do očí. „Nezní to zrovna moc ušlechtile, ale životní realita hraje v určitých rozhodnutích velkou roli. I kdybych chtěl, nenajdu v Holandsku s mou malou praxí tak dobře placené a především zajímavé angažmá. Mám výhodu, že jsem bez osobních závazků, a zřejmě na listině zájemců o zrovna tuto trasu jsem se dostal až do posledního kola. Navíc to samozřejmě také musí být mé osobní kvality.“ Teď se rozesmál.

Malá jídelna po odchodu debatujících ztichla. Vlastně nikdo z nich se neocitl v této části světa zcela náhodně. Do značné míry je jejich přítomnost v ostrovní části jihovýchodní Asie otázkou vlastního výběru, tedy zcela osobního rozhodnutí.

Teuku Umar, pro Indonésany bojovník za suverenitu Acehu, tedy národní symbol z učebních textů, představuje osobnost schopnou rozhodnutí na vyšší úrovni. Radius takového rozhodnutí, v případě

Teuku Umara ozbrojený boj proti nucenému zavádění předepsaných plodin určených k vývozu na úkor základních obilnin k obživě místního obyvatelstva, pokrývá svým rozsahem i závažností mnoho lidí. Mění také v mnoha směrech nejen osudy jednotlivců, ale i státní a mezinárodní systémy. Teuku Umar jednal v zájmu nejvyšším – šlo o vyšší princip.

Henkovo rozhodnutí by v tomto srovnání bledlo. Ale je to skutečně tak? Teuku Umar organizoval odpor, při kterém umírali lidé, Henk přispívá k podmínkám, aby byli schopni přežít. Acežané v době odporu proti „kulturnímu systému" měli na mysli svou obživu. Henkovy nebezpečné mise jsou záchranné pásy pro Indonésany, chycené v pastích přestřelek v hraničních územích. Všichni nejsou jen nezúčastnění pacienti, jde i o ty, kdo přecházejí hranice ze zcela profesionálních důvodů – ať již vojenských, nebo jinak spojených s infiltrací cizího území. Na mysl přichází pochopitelně slovo anexe. Henk si je vědom skutečnosti, proč jsou jeho lety nebezpečné.

Co si opravdu myslí o strategii zúčastněných států, ať již jsou to Indonésie, Malajsie nebo Papua, nevyšlo z debaty kolem stolu při snídani najevo. Uměle rozdělená území volají po sjednocení, ať jde o Borneo/Kalimantan nebo o Novou Guineu/Irian. Zdánlivě vyřešený problém Timoru se teď jeví spíše jako vosí hnízdo plné skrytých hrozeb.

Henk neskrývá svou citovou vázanost k malajskému světu. Téměř každý Holanďan ji má. Asi jako když Britovi zjihnou rysy při hovoru o Thajsku a Čechům o Rakousku. V posledním jmenovaném případě jde sice o jinou rovnováhu vztahu, ale podstata zůstává. Dva tak rozdílné kulturní světy – Holandsko a Indonésie, a tak spjaté jemnými vlákny životů.

Nemůže to být jenom materiální záležitost, i když to asi tak začíná. Jak se vztahy prohlubují, tvoří souvislosti sítě z jemných pavučin tak neuvěřitelně pevných, že je téměř nemožné je přetrhnout. City zůstávají a mohou jedině mutovat, nezanikají. Je docela možné, že je někdo v Henkově rodině spjatý s indonéským světem. Po stopách svých příbuzných se možná Henk vrací do nebezpečných situací, aniž si to uvědomuje. V jejich rodině po mužské linii by se mohl najít bývalý plantážník nebo vládní úředník, ale také mladík, plnící vojenskou povinnost v nešťastné době po druhé světové válce, kdy se Holandsko domáhalo navrácení své kolonie – Nizozemské Západní Indie, dnešní Indonésie.

Dědictví koloniální minulosti – rozdělené vnější ostrovy – stále postihuje obyvatele těchto území. Po dvě generace se udržují pozapomenuté vztahy v albech, denících, suvenýrech. Je mezi nimi třeba i fotografie prastrýce, který místo aby sloužil v okupační holandské armádě, se někde kolem Bandungu na západní Jávě ztratil při průzkumné akci a až teprve po mnoha letech se ozval dopisem. Vložená fotografie pěkné Indonésanky s dítětem na klíně a prastrýcem s ochrannou rukou kolem ženina ramene řekla více než slova omluv.

Mohlo to ale být třeba něco jiného, mnohem staršího a bolestivějšího, co ještě stále spočívá hluboko v paměti a občas se ozve ve ztichlé větě. Ty strašné japonské tábory …. kdesi v džungli. A pak na těch čerstvějších fotografiích scénky rodinky, obtížené zavazadly, na australském letišti po útěku z revoluční Indonésie. A ještě další z dovolené v Indonésii, kam člověka srdce táhlo, city vzkříšené starými vzpomínkami na vyprávění u „rijsttafel" v těch početných indonéských restauracích v Holandsku.

Která z těch verzí asi patří do Henkova života? Acežský hrdina Teuku Umar by se podivil nad osudy mnoha holandských rodin a jejich citové závislosti na Indonésii. Je hluboká. Zdá se, že je hlubší než city Angličanů k Indii, o Francouzích a Tahiti ani nemluvě.

V kanceláři hotýlku zvoní pronikavě telefon. Kdosi ho zvedá. „Ano, už dorazil, včera." Po krátké odmlce: „Vyřídím. Přijde odpoledne."

Setmělo se. Pár hostů sedí ve foyeru hotelu před televizí. Do malého nádvoří před hotelem vjelo auto. Je to taxi. Nový host, nebo návštěva pro některého z hostů? Je to mladá žena, štíhlá, elegantní. Hledá Henka. Rozhlédla se kolem a v té chvíli zazněl jeho hlas ze dveří jídelny. Vítají se. Na oba mladé lidi je pěkný pohled. Vcházejí společně do jídelny, kde se zrovna podává večeře. Jsou tu i ti, kdo se s Henkem tak dobře bavili při snídani.

Přítomní muži vstávají, mladá žena je představena a usedá k večeři. Co se děje s přítomnými, se zrcadlí v jejich obličejích. Vždyť řekl, že je bez závazků … neprozradil, v jakém vztahu jsou … jméno nic neříká. Jasně jde o Indonésanku, možná s evropskou krví. Henk se na ni dívá něžně, jako by ji chtěl ochraňovat. Konečně se rozhodl. „Rieke pracuje tady ve městě u jedné obchodní firmy. Když sem dorazím já, snažíme se setkat.“

Lékař se dívá se zájmem na jemný obličej mladé ženy. Lehce nahnědlá pleť, austronéský tvar očí, tmavých jako kaštany, mírně rozšířené chřípí nosu, bohatá hříva tmavých vlasů. A přece něco navíc může postřehnout i laik v celé fyziognomii Rieke. „Zajímám se o antropologii, promiňte mou nehoráznost, je určitě dána mou profesí. Máte nějaké evropské předky – pokud jste se o to zajímala, a tedy pokud to víte?“

Rieke se usmívá s porozuměním. Určitě se jí to stává častěji; lidé se na to třeba neptají, ale napadá je to. „Mám v mateřské linii makassarskou krev z jižní Sulawesi a po linii otce jde o starou holandskou rodinu z Leidenu. Henk je můj bratranec. Strýc – tedy Henkův otec, mě občas zpovídá, zda mám nějaké novinky ohledně Henka, pokud se mu dlouho neozývá.“

Zdá se, že se vyvine trochu delší debata, a tak se malá společnost přesouvá do vnitřního dvorku, zabírá jeden z rohů a přidává ratanové židle. Je vlahý večer, mírně pofukuje, ozývají se gekka z nedalekého stromu. Na malém stolku se objevují sklenky čaje a kávy, typicky po zdejším zvyku přikryté pokličkami. Vůně franžipánu je chvílemi až omamná.

Na chvíli skupinka vychutnává poklidný večer. Jako by se ani nikomu již nechtělo pokračovat v hovoru, tak živém během večeře. Jsou to vzpomínky, úvahy, nebo jen ostych ptát se dál? Až si misijní učitelka povzdechne nad jednou epizodou kolem malého chlapce, který přišel do misijní školy, kde zůstal několik let. Jeho rodina zahynula v Makassaru, dnes Udjung Pandangu, v nebezpečných týdnech ozbrojených nepokojů. Střetly se skupiny muslimů s křesťany a do toho se přidaly pogromy v čínských částech města. Jak úžasné bylo setkání se vzdálenou rodinou chlapce, která si pro něho přijela z Maluku! Dozvěděli se až po delší době, co se s chlapcem stalo. Předpokládali, že také zahynul v jižní Sulawesi.

Rieke s Henkem při poslechu ožívají. „Ostrovy koření – jak romantický název. Ale co skrývá intrik, bojů o sféru vlivu, od dávných portugalských objevných cest po Španěly, přes Holanďany a Brity zpět k Holanďanům. Sulawesani a Molukáni jen stěží popadali dech.“

Henk se dívá povzbudivě na Rieke. Jeho věty ještě doznívají. „Nerada o tom mluvím – je to tak stará, a přece nová historie. Proč na sebe lidé přivolávají zkázu, proč se dají zfanatizovat, zatáhnout do pochybných akcí?“ Rieke nabírá dech, hledá vhodná slova. „Matčina rodina vyhledala azyl v Holandsku poté, co indonéská armáda zaútočila na separatistickou republiku Jižní Moluky. Čekalo se, že jižní Sulawesi postihne stejný osud, že se nepodaří dosáhnout výstupu z federace Indonéské republiky. Labilita vztahu mezi jednotlivými členy federace vedla k rozhodnutí indonéské vlády k násilné centralizaci.“

Kdosi se neubrání poznámce: „Když dohadování o tom, kdo dostane větší podíl z celkového majetku, nespěje ke konci, je jasné, že toho mají všichni dost, hlavně obyvatelstvo bez privilegií.“ A exil znamená odboj a nátlak na vládu země, která přijala uprchlíky se všemi riziky. Jak zhoršování vztahů indonésko-nizozemských, tak mezi nátlakovou skupinou a vládou.

Další řekne tu větu, která napadá všechny na malém dvorku hotýlku v ulici Teuku Umar v Jakartě. „Únos vlaku v Holandsku – makassarská nátlaková skupina.“

Riečina matka vyšla z této skupiny, z tohoto prostředí. Bude se chtít Riece o tom mluvit? Jak se asi na vše dívá mladá žena s holandsko-indonéskou krví, z rodiny po dvě generace žijící v Holandsku? Co asi přinesla šokující příhoda únosu vlaku kdysi v šedesátých letech dvacátého století do jejího povědomí? Jak asi poznamenají povahu člověka události, do kterých je zatažen a podílí se aktivně na prosazení změn v kontrastu s někým, kdo prostě utíká z nebezpečné situace z obavy ze ztráty života nebo majetku? To dovede pochopit asi jenom ten, kdo podobnou zkušeností prošel, i když je každý příběh jiný.

Lékař se vrací k otázce smíšených manželství a potomků z takových rodin. Jak jinak se berou na vědomí v obdobích míru, kdy tolerance převažuje. Lidé žijí, jak umějí, bez obav před předsudky a jejich následků. A úplně jiné jsou případy dětí, zanechaných v zóně bojů odcházejícími vojáky cizí armády. Říká se, že mnoho z těchto míšenců žije s pocity méněcennosti, vyvolané postojem společnosti.

„Musí to být ještě horší v případě fyzické odlišnosti. Ta nápadnost jiného zjevu některé lidi provokuje a asi nikdo se úplně neubrání zvědavosti.“ Omluvně se na Rieke a Henka usmívá. „Ani my zde v Jakartě jsme přece neodolali, že?“ Přejíždí očima lidi kolem stolu.

Misijní učitelka se spiklenecky dívá na Rieke a důvěrně se k ní nakloní. „Myslela jsem, že jste Henkova dívka, že vás před námi zatajil. Prohlašuje, že je bez závazků, a proto dostal snadněji své angažmá. A zatím je to jinak.“

Lékař se vrací k problému etnicity, zejména k antropologickému typu asijsko-evropskému. Věří, že takový člověk je přijímán svým okolím mnohem lépe než typ afro-evropský, nebo afro-arabský.

Společnost se zvedá k odchodu, je čas jít spát. Rieke se loučí a odchází s Henkem první. Lékař se po jejich odchodu neubrání další poznámce: „Je půvabná, že? Zajímalo by mě, byl-li její otec první běloch v rodině Riečiny matky, nebo jestli byly tam na Sulawesi i jiné případy.“ Teď již byl opravdu čas opustit dvorek.

Mnohým z přítomných se mihla hlavou jiná alternativa postoje společnosti k míšencům. Šlo o odmítavý přístup a mnohdy skrývanou či otevřenou nedůvěru míšenců ke společnosti, ve které žili; ať již volbou, nebo přinuceni okolnostmi. Věta, která se v současnosti častěji ozývá, je také k zamyšlení. „Obrácený rasismus, rasismus naruby.“ A zde se opět nabízí možnost manipulace z obou stran a nezbývá, než si s tím poradit osobně.

Muezzin

Městem se ozývá hlas muezzina. Svolává k první modlitbě dne. Je časné ráno, a to se v tropech nejlépe spí. Ve všech místech, kde žijí muslimové je to stejné. Jen časová zóna mění přesnou dobu. Ono se z toho tak nestřílí. Prostě pětkrát denně chválit Allaha. Ráno, pokud možno před východem slunce, potom v poledne a pak odpoledne a znovu večer, před západem slunce a poslední po večerním jídle. Jinak je to v pátek, kdy návštěvy mešity ke společné modlitbě jsou přesné a svátečně formální. Ať je to Káhira nebo Istambul, Bagdad, Bejrut, Riyad, nebo třeba Kuala Lumpur a Medan, rituál modlitby je přesně dodržován. Teď již dokonce nejen v Evropě, ale také v Pacifiku, v Austrálii třeba v takovém Brisbanu.

Z terasy hotelu se před Ruslim prostírá město Palembang, kdysi přístav Melaju, nebo také známé jako Srivijaya. Nastupuje nové místo, jen co se usadí v přiděleném domku s kanceláří, co patří k mešitě. Chtěl být kdysi lodníkem, vždycky se točil kolem lodí v Banda Aceh. Teď se mu splnila alespoň jedna malá část jeho chlapeckého snu. Začne pracovat ve městě na řece Musi, kdysi Batang Hari a ještě dávno předtím Sriwijaya Melayu.

Všechno to tu dýchá historií, starými příběhy o zvratech náboženských i politických. Palembang na Sumatře, kdysi součást hinduistické Srivijayi, vstřebal tolik různých kultur před oběma monoteistickými filozofiemi, islámem a křesťanstvím, že další pozdější vlna islámu měla již na čem budovat. Islám zůstal dominantní, ale přece jen ne jedinou ideologií Palembangu.

To téměř kosmopolitní kulturní ovzduší mu osobně vyhovuje. Má rád kolem sebe variace, je to inspirující, vyžaduje to postřeh a takt, ale také je to výzva, které jako úředník islámu, muezzin, bude čelit, a rád. Je to sice intelektuálně náročné, ale zase ne tak vyčerpávající jako jeho předešlé, vlastně první muezzinské, místo, a to v Austrálii. Tam to nebylo vůbec jednoduché. Vzal tu práci, lákal ho pobyt venku, prostě pryč z Indonésie, chtěl získat zkušenosti v úplně jiném světě. A dostalo se mu toho vrchovatě. Ale nelituje. Věděl, že jen zastupuje nemocného kolegu a celé se to protáhlo. Byl to také tak trochu únik od rodiny. Od té rodiny, která pak byla jeho útočištěm z nepříjemné situace. To ten jeho zapeklitý individualismus, prý přehnaný intelektualismus, jak mu vyčinil uzdravený kolega, když se s ním loučil v letištní hale.

Stále mu zní v uších ta jeho věta: „Ještě se tady z tebe stane volnomyšlenkář." Měl to být humor, ale bylo to napomenutí a tak trochu výčitka. Je mu jasné, že se mu bude stýskat po volnějším osobním životě, i když ví, že je to bláhovost. Jakápak volnost, vždyť si ani vlastně neuvědomoval, jak byl diskrétně sledován, nejen tou malou muslimskou obcí, ale i širším okolím.

Zaměřil pozornost na to, co se děje dole v ulici, ještě před chvílí klidné, jak se pomalu probouzí k životu. Nemohl dospat, a proto je teď ráno tak brzo nahoře na terase. Musí zpět do svého hotelového pokoje, je čas k modlitbě. Muezzinův hlas naléhá.

Usadí se tu, je to jen otázka času. Přijede za ním žena s dítětem, zapadnou do prostředí kolem mešity. Začne zase psát poezii. Má ji plnou hlavu a je to jeho tajemství. Nikdo to neví, ani jeho žena. Ta úřednina kolem minaretu nemůže dát tolik práce. Snad všechno poběží jak má, pokud se mezi lidmi neobjeví nějaký vychytrálek se zálibou v úředních financích, a nebo, a to by bylo snad ještě horší, úslužný šťoura, rádoby přísný muslim, který v každém vidí heretika.

Rozprostírá kobereček k modlitbě. Je to překrásný, ručně tkaný jednoduchý kilim, perský vzor hýřící barvami. Vozí ho stále s sebou, je to svatební dar od Azizi, jeho krásné ženy. Zde, v tom malém pokojíku, není těžké se uklidnit. Už obřadné omývání v koupelně mu pomáhá se soustředit. A rytmické pohyby rukou od těla směrem k obličeji, hlavně k očím, mu umožňují synchronizovat slova s myšlenkami při modlitbě. Allahu Akbar −Bůh je mocný.

Táhne ho to teď do přístavu, ale rychle zavrhne tu lákavou představu. Je to přece jen na delší procházku a on teď musí dohodnout setkání se svým novým představeným, upřesnit svůj pracovní program a hlavně, a na to se těší, zajít za odcházejícím muezzinem. Je také dost zvědavý, jak ho exmuezzin zasvětí do zdejší enklávy; vždyť tu působil mnoho let. Prý jde na odpočinek. Ve svém pokročilém věku se na to docela těší. Alespoň tak to vyznělo z jejich telefonního rozhovoru. Domluvil důležitá setkání na další den a vydal se do mešity, svého nového působiště. Z hotelu to bylo necelou půlhodinku chůze. Jak se blížil, zpozoroval, že se v průzorech zdi, co chránily domy od hluku ulice, sem tam mihly tváře.

Musel se usmívat. Lidé jsou všude stejní, pochopitelně zvědaví na nového muezzina. Byl si jist, že už se to tu rozneslo. Že o něm věděli asi víc, než by si přál. A možná víc, než on sám o sobě. I třeba věci, které už dávno zapomněl nebo nepovažoval za důležité, ale asi podstatné pro okruh lidí, kam měl zapadnout cizí člověk, nově příchozí. Měl ale výhodu, byl přece Indonésan a muslim.

Jak to bylo jiné v Austrálii! Ale byla to výhoda, nebo ne? Měl se chovat podle jejich měřítek, či představ. Mohl spoléhat na shovívavost a podporu, ale také očekávat, a hlavně přijímat, jejich kritiku, popřípadě odsudek, pokud se do jejich představ o chování muezzina nevejde.

Trochu mu přeběhl mráz po zádech. Vzpomněl si na Nancy a vzápětí na svou ženu Azizu. Vybavila se mu zahrada v Brisbanu. Pár členů pro náboženskou toleranci. Atmosféra slunce, květin, taktu. A opatrná diplomacie. Rozuměly si, americká Nancy v australském domě s indonéskou Azizou. Nancy − svobodná, svobodomyslná, západní intelektuálka, vlažná křesťanka a Aziza − vdaná s dítětem, disciplinovaná moderní muslimka, hluboce věřící vzdělaná moderní Acežanka. Byl to asi zázrak. Aziza Rusliho byla s dítětem navštívit na pár týdnů v Austrálii. To už je pryč. Teď je bude mít tady, v Palembangu.

Zrychlil krok a přešel na druhou stranu ulice. Ano, domek se mu objevil před očima. Stál volně, nebyl schovaný za zdí, ani v gangu − úzké uličce. Kolem byl pruh trávy s několika keři a nízký stromek, franžipan s bílými voňavými květy. V prvním poschodí bylo jen přivřené okno. Vsadil by se, že jeden z pokojů ústí na terásku s květinami, co hýří barvami. Představil si tam Azizu. Aby se ujistil, že to tak je, obešel domek. Ano teráska a vnitřní patio.

Myšlenkami zůstal u své ženy. Dodnes nevěří, že se mu ten sen splnil. Krásná Aziza, hrdá Acežanka ze severu sumatranské provincie, si ho opravdu vzala. Jeho, Rusliho z východního Acehu. Poznali se na USU – Universitas Sumatera Utara v Medanu. Od prvního momentu se jí dvořil a vytrval po tom, co jiní netrpělivci odpadli se slovy: „nepřístupná, moc domýšlivá, asi snob." Vlastně kolem ní nebylo ani tolik děvčat, jak by se dalo čekat. Častěji byla sama než v hloučku. A to mu vlastně dalo více příležitostí, aby o její přízeň nadále usiloval. Jak to džentlmenské dvoření, co stále zdůrazňuje zdvořilý odstup, přešlo tak prudce k otevřenému dobývání, až k sedukci, je oba překvapilo. Tu atmosféru dokáží oba prožívat znovu a znovu.

Tenkrát v Medanu téměř padala noc. Zvuk velkého dřevěného bubnu bedug, volající k večerní modlitbě, se nesl ztichlou krajinou. Věděli, že by se měli vrátit, každý do své koleje, ale přesto zůstávali spolu. Skončili u Azizy, kamarádka byla na víkend u rodičů. Bedug, rarita Medanu je podmanila. Později mu řekla, že kdyby v tu chvíli volal muezzin k modlitbě, asi by ho poslala pryč. Bedug má v sobě tolik přirozené vitálnosti, a přesto je plný romantiky, tak si ona sama představuje milostný vztah. Takže všemu napomohla, také z obavy, že se jejich cesty nenávratně rozdělí. Když o tom teď Rusli přemýšlí, vidí, že její instinkt byl správný. Oba téměř končili fakultu a rozhodovali se, co bude dál. Měl-li jejich milostně nenaplněný vztah mít nějakou šanci, museli se na vytváření společné budoucnosti podílet oba. A tak do toho oba vědomě skočili, rozhodnuti jít životem společně, ať již se souhlasem rodin, nebo bez jejich souhlasu a kritiky okolí. A postoj obou rodin je příjemně překvapil. Všichni se sešli, nachystali nezbytný malajský čaj teh tarikh a ujistili je svou podporou. Prostě souhlas na celé čáře.

V přemítání Rusli došel od domku až před vchod do mešity, když ho z myšlenek vytrhl hlas postaršího muže. Ukázalo se, že je to odstupující muezzin, co na něho již čeká. Bere Rusliho dovnitř. Jeho gesta jsou vlídná a trochu dojatá, jak se hrdě rozhlíží po svém bývalém působišti. Rusli je také téměř dojat tím přijetím. Jasně si padli do oka. Oběma spadl kámen ze srdce. Oba si oddechli, že je tu někdo, kdo je jim sympatický, a hoden přijímat a podávat důvěrné informace o muslimské obci. Bez této důvěry by bylo vše těžší. Hovořili spolu po cestě zpět z mešity do domku, a chodci, které potkávali, je oba zdvořile oslovovali. Rusli byl rád, že se vše odehrává ve společnosti starého muezzina. S klíčem v ruce jej pozval dál do domku, ale stařík zdvořile odmítl. Věděl, že jako muezzin odešel nejen ze své funkce, ale i z domku, který tradičně měnil nájemníka, tak jak se střídali muezzini. Rozloučili se. Rusli má nového přítele k nezaplacení.

Když vstoupil, s překvapením se rozhlížel po prostorné kanceláři, kam se vešlo rovnou z ulice. Dveře v rohu zadní stěny vedly do mnohem menší kuchyňky, sice dlouhé, ale úzké s velkými okny a ve stejné stěně byly také dveře, co vedly do uzavřeného patia se zahrádkou. Nalevo od kuchyně byla koupelna a samostatný záchod, kam byl přístup jak z kuchyňky, tak z kanceláře. Ve stejné stěně byly také úzké schody do poschodí. Předpokládal, že tam bude obytná část domu s ložnicí a dalšími pokoji. Nechá si prohlídku na později, až si přinese foťák. Aziza chce fotky. Nemůže se dočkat jeho dojmů a společného zařizování jejich nového domova.

Vrátí se teď do kanceláře a vrhne se na ta lejstra uprostřed jeho kancelářského stolu. Pomalu zase prošel kuchyní, sklonil se nad stolem v kanceláři a sáhl po novinách. Je jich několik. Jakartský deník, Palembang Post, Ulama – místní list muslimské obce a ještě jeden, a to v angličtině, Jakarta Times. Nedalo mu to a obrátil listy na stránku Akademia s univerzitními místy. Později si říkal, že ten hmat sehrál téměř nejpodstatnější roli v jeho životě.

International Islamic University, Petaling Jaya, Malaysia, vyhlašuje konkurs na lektora v oboru islámského dramatu. Preferují kandidáty z East-West Center, Hawaii. Dají také přednost uchazečům, co získali stipendium na výzkum v kulturní oblasti vztahů Východ-Západ. Zamyslel se. Aziza by byla nadšena a Nancy určitě taky. Kuala Lumpur, kam patří čtvrt Petaling Jaya je přece relativně kousek odtud. Asi jde o vzájemné vztahy dramatických děl

Orient-Oxident. Měl jakési nejasné tušení, že se mu nějak komplikuje tak přímočaře naplánovaný život básníka-muezzina v Palembangu.

Azizin večerní telefonát ho vyvedl z bláhového klidu. Když se zmínil o inzerátu, se smíchem mu oznámila, že Nancy o to místo zažádala a Aziza, jen tak prý z legrace, také. Zalapal po dechu. Spadlo to na něho jako blesk z čistého nebe, když se dozvěděl, že aniž co tušil, obě ženy jeho snů, ta jedna reálnější než ta druhá, rozjely korespondenci kolem této pozice. Dopisy, formuláře, e-maily, faxy. V ruce drží ty noviny a vidí, že jsou týden staré. Jeho věta: „Proč jsi mně o tom už dávno nic neřekla?" zazněla tvrději, než měl v úmyslu.

Azizin rozesmátý hlas ztratil ten jásavý zvuk, když řekla: „Vždyť to nemyslím tak docela vážně. Stejně bych to nedostala. East-West Center má přece přednost, ne?" Po chvilce dodala: „No počkej, a ty bys mně to rozmlouval?" Cítil se zaskočen, nějak mu zhořklo v ústech. „Kontroluj se přece, pozor, stop," v duchu si domlouval. A dokázal to, potlačil ten nepříjemný pocit. Obrátil rozhovor tam, kam patří. Nasadil stejný lehkovážný tón, jakým s ním mluvila Aziza. „Ne, ne. Vlastně by to bylo docela dobrodružné, ty tam a já tady, ha, ha. Ale ty to přece nemyslíš vážně, že?" Její: „No, proto," už zase znělo škádlivě. Zklidnil se. „Ten most přejdeme, až bude potřeba," řekl si.

A vše se pomalu ustálilo, bez problémů jejich život zabíhal do těch správných kolejí. Aziza s dítětem přiletěla, dokončili zařizování domu, islámská komunita je přijala vlídně, starý muezzin byl k nezaplacení. Žili si poklidně a šťastně. Uběhlo pár měsíců, a ani muk o Kuala Lumpuru. Aziza mezi květináči se žvatlajícím synkem v náručí, on dole v kanceláři, hravě se vypořádává s administrativou mešity. Ve volném čase, mezi kontrolou pěti pásek, vyzývajících k pěti modlitbám během dne, píše své verše. Sem tam do celkem zajímavé schůze muslimské obce.

Protáhl se spokojeně a vychutnával to překrásné chladné ráno. Je ještě stále suchá sezóna. Ale pomalu se blíží ke konci. Už moc nezbývá do krátkého meziobdobí pancaroba, mezi suchem, musim kering, a obdobím dešťů. Konec léta má opravdu rád. Ty relativně chladné noci a rána, a kolem poledne prudké nárazy větru, musim angin, co mírní nastupující odpolední prašná vedra. To všichni vzdychají a moc si přejí, aby už, už zapršelo. Však se dočkáme, těch pár vrtošivých týdnů mezi suchem a deštěm je už za dveřmi.

Je rád, že žije v moderní době s pokročilou technologií. Uniká mu hlasitý smích a Azizin zvědavý hlas se ozývá z kuchyně. „Copak, copak?" „Ale nic. Jen tak. Představ si, že bych musel osobně vyšplhat pětkrát denně na minaret, abych ohlásil čas modliteb, a to za každého počasí v každé roční době." „No, ty se máš, ty moderní muezzine. A raději nezacházej v představách moc hluboko do minulosti. Mohl bys skončit jako slepý muezzin, aby ses nedíval do ložnic překrásných hurisek, víš?"

A je tu pošta. Dopis z Kuala Lumpuru. Mysleli, že pro Azizu a zatím je to pro něho. Trochu se stydí za tu radost a potají hlídá Azizinu reakci. A je tu pohlazení. A přiznání. Prý o jeho básnických pokusech věděla a tušila, že se spojil s nakladatelstvím. Zalapal po dechu. Cítil se zaskočen, ale převládal pocit úlevy, že nic nemusí tajit, že je všechno prostě venku. Zrovna si uvědomil, jak vnímavá je Aziza k jeho náladám i chování. Trošku ho to znepokojovalo.

A najednou se situace posunula mílovými kroky dopředu. Byl nejen na listě, ale opravdu v K.L., osobně v Kuala Lumpuru. On, ne Aziza. Šlo opravdu o jeho sbírku básní. Je napnutý k zbláznění. Zahrnují ho do antologie, nebo navrhují samostatnou publikaci? To nebylo z dopisu jasné. Zastavuje se na ulici, aby se trochu zorientoval. Přiletěl včera tak pozdě, že se hned ubytoval. Neměl čas na procházku a ani se nezeptal v hotelu na nejkratší cestu do nakladatelství.

Ráno volal, ale neprozřetelně odmítl nabídku odvozu. Chtěl si cestou za redaktorem srovnat myšlenky. Rozhlédl se. Ano, jde správným směrem. Trochu si to přece jen pamatuje z minulých, i když řídkých návštěv. Ještě jedna křižovatka a vynoří se moderní velký blok s neonovým návěstím na vysoké budově. Dewan Sastra dan Bahasa. V přízemí je knihkupectví s obrovským výběrem knih –

publikace Dewan Bahasa. A těch literárních a jazykových magazínů – srdce mu plesá. Škoda, že zde nežije, nebo v Jakartě, prostě ve větším městě, než je Palembang. Odbočky Dewan Bahasa jsou v mnoha městech, ale zde je hlavní sídlo. Býval to Singapur. Ale tady, v K.L. snad brzy budou vystaveny jeho básně, rozhodně dříve, než v jiných městech.

Po setkání s redaktorem v nakladatelství, kam dorazil bez problémů a poměrně rychle, uběhlo už několik hodin. Je to úžasné – nemůže věřit vlastním očím. Znovu si vše promítá, a není to opravdu sen. Chtějí mu vydat samostatnou sbírku básní. Bloumá ulicemi jako v Jiříkově vidění. Kdesi pojedl a jinde se zase posadil na kafe, ani neví, kde. Kdyby se ho někdo zeptal, ve které části K.L. vlastně chodil, tak neví. Ale nechtělo se mu do hotelu. A náhle se setmělo, bez varování, tak, jak tomu je v tropech.

V prvním okamžiku, po tom úžasném rozhovoru a podepsání smlouvy s daty dodání různých úprav jeho básní, se nemohl dočkat momentu, kdy zavolá Azize. Hned před vchodem do nakladatelství vytáhl mobil. Ale volal marně. Nechal zprávu, zklamán, že nebere telefon, že se netřepe napětím jako on. Zašel tedy na trh a skončil v obrovské jídelně. Neměl tam ale stání. Vydal se kamsi, až dorazil do staré čtvrtě, kde to vonělo vším možným. Ovocem, ale hlavně kořením a indickým jídlem. Měl opravdu hlad. Posadil se a dal si křupavou placku plněnou voňavým masem a zeleninou. Všechno zapil malajským čajem – teh tarikh.

Už zapomněl, jak zvláštní chuť má ten malajský čaj. Tady v Malajsii chutná opravdu jinak. Dělá to půda nebo odrůda čaje? Prostě je ten čaj jiný. Malajci se smějí, když jim to tvrdí. Prý v restauracích používají ten nejlevnější čaj, vlastně ten spodek, ten odpad. Je to vlastně prach a nikdo by se neodvážil jej vyvážet kromě do Indonésie, a v malém množství.

Zklidnil se. Kuala Lumpur ho nezklamala. Vydal se zpět do hotelu. Tentokrát bémem – krytým motocyklem. Vystoupil kousek od hotelu, že se ještě trochu projde. Měl by zkusit znovu Azizu, ale jen tak z rozmaru zavolal Nancy. A ona to vzala. Prohodili jen pár slov, pogratulovala mu. Pak si vyčetl, co to dělá. Jistě, nechtěl riskovat další zklamání marného telefonu Azize. Ale je večer, kde by jinde byla než doma? Skoro poklusem se dostává do hotelu a netrpělivě slyší vyzvánět telefon. Pohodlně sedí na pohovce u okna, světla ve městě se pomalu rozsvěcují a Azizin hlas se ozývá. Zaplavuje ho pocit štěstí. Její odezva ho přímo hladí. Ano, je také nadšena jeho úspěchem, cítí to z jejího hlasu.

Vysvětlil, že bude muset ještě několikrát do K.L. v průběhu příprav k vydání publikace. Co by na to řekla, kdyby místo několika kratších setkání s redaktorem domluvil jeden delší pobyt až před konečným datem, kdy půjde sbírka do tisku? Jinak se vše ostatní během příprav dá vyřídit přes komputer. No, další plus moderní doby. Připomněl jí slepého muezzina. Není si ale jistý, jak se na jeho eventuelní delší nepřítomnost bude dívat jeho nadřízený. Bylo by snad řešení? No ano, přece bývalý muezzin. Třeba bude rád, je tak laskavý. Konečně usínal, plný naděje. Nemohl vědět, jak se všechno zvrtne.

V Palembangu byli příjemně překvapeni, že mají ve svém středu básníka. Prý delší závěrečná návštěva je přece samozřejmost. Vše se zařídí. Nevěřil svému štěstí. Karta mu padala. Případné konečné setkání s redaktory se dá hladce připravit. Mají s Azizou dost času. Možná se i společně setkají s Nancy. Ale vzpomněl si, že mu v telefonu říkala o panelu v Medanu, takže, kdo ví, bude-li v K.L., kdyby přiletěl s Azizou. National Theatre Medan zamluvil Nancyn krátký pobyt na USU – Universita Sumatera Utara. A to znamená ubytování v lektorském kampusu.

Co kdyby si zařídil zastávku v Medanu při letu do K.L.? Básníka na semináři rádi uvítají. Jistě se najde pokoj ve stejném komplexu. Je to přece jeho univerzita. „A Azizina," dodal v tom telefonu. Nechal si otevřená vrátka. V letadle si spílal. Kam se to zase vrhá? Nestačila Brisbane? Pokouší osud. Nancy dostala to místo v K.L., a on i Aziza jí to ze srdce přejí. Ale teď si uvědomuje, že se Aziza tvářila tajemně, když o tom všem mluvili.

No, však se s ní sejdeme, dřív, než si asi myslíme, a nejen s ní. Možná i s jejím novým známým, co také veršuje. „Koho myslíš?" říká Rusli. „No, přece s Kemalem. Nancy je do něho celá pryč. Literáti v K.L. jsou uneseni jeho tvorbou. Chystá dokonce anglické překlady ve spolupráci s Nancy, vypadá to i na zahraniční vydání. To zíráš, že? Co se v té krátké době všechno stalo kolem i s naší kamarádkou Nancy! Pohybuje se v těch správných kruzích. To místo na univerzitě v tom také hraje nemalou roli."

Vzal její obličej do dlaní. Vycítil trochu trpkosti. Trochu lítosti nad ztracenou příležitostí. Teď byla ta chvíle jí to připomenout. „Azizo, pojedeme spolu do Medanu nebo do K.L.? Kam chceš raději? Pozvi maminku, ať tu pohlídá vnuka. Starý muezzin vezme pod kontrolu minaret."

A tak se rozhodli pro další osudný krok. Osudný pro jejich další život v Palembangu. Souhlasil s návrhem Azizy, že do Medanu je lépe jet ve dvou jindy. Mají tam tolik kamarádů, že všechen čas by padl na setkání s nimi, a na Nancy by toho moc stejně nezbylo. Takže do K.L. poletí pokud možno před odletem Nancy do Medanu. Strávili by těch pár dní všichni tři, možná čtyři, i s Kemalem. Jestli ovšem bude chtít. Nebylo by špatné získat nového přítele, ještě k tomu básníka.

Rusliho obklopuje ticho pokročilého večera na jeho procházce po mostě Musi. To je ta doba, kdy sem rád zajde. Řeka se hemží bárkami se svítícími lucerničkami do rychle se stmívajícího okolí. Ještě úplně neskončili trhovci s přípravou na přicházející noc. Jásavé barvy ovoce a smaragdové odstíny zeleniny zatím zcela nezanikly v prozatimním světlém odstínu indiga noci. To čilé obchodování z loděk kolem mostu jen pomalu utichá. Většina zboží končí v ratanových koších přikrytých plachtami. Už se na to vše dívá dost dlouho, ale zatím se mu nepodařilo odhalit, jak se bárkařům podaří uchovat zboží v dobrém stavu do dalšího dne. Zastavil se a dívá se na několik bárek, co se teprve teď vrací na svá noční stanoviště. Většina prodavačů na loďkách spí, často i s rodinami.

Rusli sám se vrací domů, do domku se zahrádkou, s pevným přesvědčením, že tady v Palembangu vytrvá co nejdéle, a třeba se i pokusí o prodloužení své pracovní smlouvy. Aziza souhlasí. Pokud malý nezačne chodit do školy, nebudou měnit prostředí. Rodina potřebuje stabilitu, a možná se zvětší o přírůstek. Je to vlastně dobrý způsob, jak čelit nepříjemným náhodám. Je to hradba proti nárazům zvenčí, proti negaci.

Když se to tak vezme, Rusli závidí těm bárkařům. Vše, co mají, je soustředěno v bárce. Živobytí i rodina. Vše plyne po jedné linii, přímočaře, jako po řece. Disciplinovaná rutina, ze které se nevybočuje, pokud neriskuješ, a k tomu by bárkaře dohnalo jen úplné zoufalství, protože ví, že na konci takového rizika je absolutní katastrofa. Život je celkem jednoduchý. Vždy jsou dvě možnosti, jen volba je jedna, i když to tak nevypadá.

Ani si neuvědomil, že se blíží k domovu. Je jednoduché, když je v době svolávání k modlitbě doma. Nemusí sice jít nahoru do minaretu, lze ovládat nahrávky z kanceláře, ale rád se zeshora dívá na západ slunce. Přidal do kroku, aby stihl setkání s rodinou i ten kouzelný západ slunce z minaretu po večerní modlitbě. Již mezi dveřmi slyší Azizu a další ženský hlas.

Zatajil se mu dech. Rychle vešel do kuchyně a uviděl je obě. Tmavovlasou Azizu se světlovlasou Nancy. Vychutnával pohled na obě – tak rozdílné a přitom si tak podobné ve své vitalitě, ve své spontánnosti. Azizina rezervovaná serióznost v durových tónech, teď zrovna zvonivě rozesmátá. Celá uvolněná, tak, jak dokáže být v důvěrných chvílích s ním a zřejmě i s těmi, které pojme za své. Pak se bez výhrad otevře, aby svou lásku darovala štědře plnými hrstmi. Snad ji Nancy nezklame. Zdá se, že chápe to ohromující přátelství, kterým ji Aziza zaplavuje, jako závazek, jako dar. Nancy se mnohem snadněji sbližuje s lidmi, rychleji otvírá tu skulinku do duše. Snadno se pozná, že je prima, a tím pádem má mnoho přátel, ale i nepřátel na rozdíl od Azizy, která se seznamuje pomalu, a má opravdových přátel poskrovnu.

Obě ženy jsou k němu otočeny zády. Zdá se, že jeho příchod nezaznamenaly. Jsou asi stejně velké, ale zatím co Aziza je štíhlá s křehkými rameny a šíjí, Nancy je statná, s výraznými ženskými tvary boků, pevnějším krkem, pažemi a stehny sportovkyně. Brzo zaznamenal její bezelstnou otevřenost se srdcem na dlani, přes ty její intelektuální řeči. Podvědomě ji srovnával s Azizou, s její zjevnou uzavřeností na povrchu a utajenou vášnivostí, o které se sám později přesvědčil. Vzpomněl si na to staré přísloví, že tichá voda břehy mele, jen si v této chvíli nebyl jist, komu tu vlastnost přisoudit. Obě byly v plném proudu vášnivé debaty.

„Tak vás mám obě na mušce," zvolal ze dveří kuchyně. A teď všichni tři mluví páté přes deváté, pojídají Azizinu vynikající večeři, vzpomínají na Brisbane. Rusli poprvé slyší Nancy povídat o dojmech z jejich setkání. Že jí připadal rozpačitý a téměř ve střehu, jakoby mezi členy komise hledal toho správného spojence. Nancy mluví se zápalem, ani nehledá vhodná slova, aby neurazila. Je si tak jistá, že její vyslovené poznatky budou přijaty tak, jak jsou míněny, laskavě a trochu s humorem, ne jako arogantní kritika, že Rusliho i Azizu téměř ohromuje.

Její šedomodré oči se usmívají za skly velkých brýlí. „No, řekni, že jsi ve mně hned poznal spřízněnou duši, ten mostík Západ-Východ?" „Má pravdu," říká si v duchu Rusli. Ještě než propukla debata o australských muslimech, viděl v ní oporu. Stipendistka z East-West Center, Hawaii musí být přece naladěna na stejnou strunu. To byl tak průhledný ve svých záměrech? Než mohl odpovědět, vložila se do toho Aziza. „Jsi realistka. Uvažuješ a chováš se logicky, a tím ponoukáš ostatní, aby se chovali stejně. A děláš to takticky. Klaním se." Rusli nebyl tak úplně přesvědčen, že by Aziza nepochytila ještě jednu charakteristiku Nancy. Tu úmyslně zdůrazňovanou ženskost, využitou zcela bez zábran v jejich debatách.

Konečně se dostal znovu ke slovu. „Je to přece přirozené hledat spojence. Oba jsme tam byli na cizí půdě. Věděli jsme o sobě, že náš pobyt je přechodný, a já jsem nepředstavoval zrovna neutrální sílu, na rozdíl od tebe, Nancy." Dívá se jí vážně do očí. Zdálo se mu, že je přivřela jakoby ve strachu před nečekaným nárazem větru. Říkala si také díky bohu, že včas oba zabrzdili? Vědomě se vyhýbali delší dobu setkání jen ve dvou. A Azizina návštěva v Brisbanu celkem brzy po tom, co nastoupil na to místo, kde byl sám, také pomohla. Vlastně vše vyústilo v přátelství dvou žen, které ho obě přitahovaly. Takže žádný triumvirát! To přece jen ne, i když se zdálo, že se k tomu schyluje.

Vzal Azizu kolem ramen. Tak důvěrné gesto už dlouho neudělal před druhými. „Je to instinkt," řekl si. Pochopily to obě? Vstal. „Musím do minaretu. Zatím mne tu moc nepomlouvejte, ať vám nevyschne v krku. Těším se na zprávy z K.L. Co ta spolupráce s básníkem Kemalem? A co to místo na islámské univerzitě v Petaling Jaya? Kdy to propukne? Tak zatím."

Je rád, že může odejít. Potřebuje vydechnout. Co tu vlastně Nancy dělá? Mluvilo se přece o Medanu. Vyvstaly mu na mysli Azizina slova o brzkém setkání s Nancy. Vlastně tomu nevěnoval pozornost, myslel na K.L. a Medan. Palembang ho vůbec nenapadal. Ne Palembang – s bárkami, jistotou rodiny, živobytím a iluzí dálek – to vše jako kotva chránící jeho život před příbojem. Chce psát, verše jsou jeho sny, potřebuje tu jistotu, aby se mohl utápět v romantice veršů. Najednou mu Nancyna návštěva připadala jako vtrhnutí do soukromí.

Zavinil to sám, je to odezva na jeho neprozřetelný telefon Nancy v K.L.? Ale vzápětí sám sebe plísnil. Přikládá tomu příliš mnoho důležitosti. Nebezpečně analyzuje. Vždyť je blázen. Je teď ve věži minaretu, kde se ozývá Allahu Akbar. Horizont temní. Ještě je vidět slabě růžové okraje, co přecházejí do jemné světle žluté tam, kde se dají tušit poslední záblesky zapadajícího slunce. Soustředil se na kontrolu zvukového systému. Vše v pořádku, i na ráno. Sešel pomalu dolů. Jako obvykle našel útočiště v klidu minaretu a v mešitě, v rituálu omývání před modlitbou. Poddává se rytmu společné modlitby přítomných mužů a serióznímu hlasu imana, co vše řídí. Allahu Akbar.

Zůstává ještě chvíli po obřadu v mešitě. Ať si holky popovídají. Teď si uvědomil, že si tam vlastně mezi nimi připadal tak trochu zbytečný. A přitom je to přece Nancy, kdo je přebytečná. Co vlastně ví o jejím soukromém životě. Tam, kde ji potkává, se objevuje sama, žádný mužský doprovod. Také její kariéra předpokládá osobitou samostatnost. Jinak by to asi nešlo, jen tak si odjet do San Franciska, nebo na Havaj, či do Austrálie a Malajsie. Nedovedl si představit, že by to nějaký muž, co to s ní myslí vážně, bral jako přijatelnou verzi společného života, respektive pevného milostného vztahu. Přitom se mu nechce uvěřit, že by Nancy nikoho neměla. Spojovat ji s početnými krátkodobými aférami, nebo dokonce jen s náhodnými milenci na jednu noc, to se mu nějak zajídá. Téměř zarputile se snažil znovu najít ten klid, co na něj padl v mešitě, ale nějak mu to nejde. Kemala je jeho maják, nebo ne? Pravděpodobný mentor poezie i snad brzda jeho znovu se probouzejícího citu k Nancy.

Ano, až se vrátí domů, zavede řeč na Kemala a jeho básnickou tvorbu. Nevadí, že je v tom také zapletena Nancy. Zřejmě je spolupracovnicí Dewan Bahasa. Jak to mezi ní a Kemalem je jinak, to se možná dá vytušit z Nancyných řečí. Aziza to asi ví, a on, Rusli, alespoň pochytí tón Nancyných reakcí o Kemalovi. A to, že nejen Rusli, ale i Nancy, a ne Aziza, jsou si vědomi náznaků přitažlivosti mezi nimi, tedy mezi Ruslim a Nancy, to snad ani jinak nejde mezi atraktivními heterogenními kolegy.

A Nancy a Kemala – kdo ví, co není, může být. Jsou v úzké spolupráci, tak jako Rusli s Nancy v Brisbane. Přece ho to trochu překvapilo – ta blízkost tak snadno propukla. A Aziza má pravdu, Nancy v tom definitivně umí chodit. Tak nenásilně dává najevo, co umí, čeho je schopna. On to nesvede. Co to je s těmi zápaďáky? Ušklíbl se, ale vzápětí se zarazil. To teda bylo ohavně rasistické. A to je přesvědčen sám o sobě, jak je tolerantní, kosmopolitní a bůhví co. Zkrotle dorazil domů.

Je tu poklidně. Kuchyně je uklizena po večeři, dítko zřejmě spí. Aziza se s hostem přesunula na patio. Ano, sedí tu obě, výbornou balijskou kávu na stolku a kue kacang – oříškový zákusek – na talířku. Tenké upečené placičky s upraženými buráky voní, až se sliny sbíhají. S chutí černé kávy jsou božské.

Tlumeně zaznívá sumatranská hudba, jen melodie bez vokálu. Ani obě ženy nemluví. Sedí v naprostém tichu. Melodie k němu promlouvá tak, jako zřejmě k nim. Dojímá ho tenor v nepatřičné sensitivitě, jako ty bárky u mostu, jako Aziza. Jako Nancy? Ne, ne. Nancy má spojenou s jinou hudbou. Prošel až do patia a zaváhal. Má je rušit? Přece jen vešel, usmál se na Nancy a něžně se dotkl Aziziny hlavy. Nezlomil to ticho naplněné hudbou, vlastně se mu vrátil klid nabytý v mešitě. Bylo jim všem dobře. Jakoby věděli kam a ke komu patří. Není třeba nic artikulovat. Přisedl ke stolku beze slov. Všichni tři jakoby se domluvili, počkali, až dozní melodie.

Až po chvíli mu Aziza nalila kávu. A Rusli jen zvolna začal debatu o K.L. Zpozorněl, když Aziza začala o Kemalovi. Neubránil se výrazu téměř zírat na Nancy, když se o něm rozpovídala. To škádlení mezi děvčaty. Proč to nesvedou muži? Proč to vždy získá jiný tón a mnoho podtónů? „No, tvá malajština je jistě o sto procent lepší Nancy, a to se s ním znáš jen krátkou dobu. Máš fotku? Ukaž!" Ruměnec osvětlil Nancynu tvář.

„Když v Dewan Bahasa všichni chtějí mluvit anglicky – to je problém," vzdychla si Nancy. „Až Kemala se nade mnou slitoval a v mimopracovních chvílích mluvíme malajsky. Ne, že by těch chvil bylo mnoho. Při práci je to vlastně nejhorší. Přechody z jednoho jazyka do druhého, věty v jednom jazyce propletené slovy z jiného jazyka, no, prostě úplný slang. Tomu se již ani nedá říkat novotvary. Vždyť si to dovedete představit. A proč vlastně my tři nemluvíme spolu indonésky?" Nancy se na ně dívá téměř vyčítavě.

„No, to bychom tomu dali!" směje se Rusli. „Vždyť je to přece jen rozdíl, však víš, pokud jde o trochu vážnější konverzaci, tak Pasar Melayu nestačí a obecná malajština je přece jen jiná než obecná indonéština, alespoň každý vzdělaný Indonésan si to myslí a je na to hrdý." „No, indonéština se i mně zdá modernější a čistší než malajština, ale Kemala by s tebou, Rusli, asi nesouhlasil," dodává Nancy.

„Tak aby se nám to nezamotalo, zůstaňme u angličtiny. My taky potřebujeme trochu procvičit, nejen Kemala. Co píše za básně?" Rusli konečně nasměroval rozhovor tam, kam chtěl. Věděl, že doba, kdy se na univerzitách v Malajsii vyučovalo anglicky, už je pryč. Nastoupila malajština jako vyučovací jazyk, alespoň je tomu tak na University Melayu. A pokud se nemýlí, jen některé kurzy jsou přednášeny v angličtině na International Islamic University v Kuala Lumpur ve čtvrti Petaling Jaya. Takže zdrojem spisovné malajštiny pro Nancy je Dewan Bahasa a zřejmě kolegové a studenti, až začne učit. „To je stejně málo," řekl si v duchu Rusli.

Čeká na další informace o Kemalovi a Nancy se opravdu trochu rozpovídala. „Píše osobní lyriku, trochu spirituální, trochu islámské mystiky je v tom taky. To se asi od něj očekává. Zatím jde při překladech o gramatiku a slova z významového hlediska zůstávají stranou. Tak trochu oddalujeme úvahy o náboženství, filozofii, politice, ale oba víme, že tomu neutečeme, jinak to nejde při překladu," povzdechla si opět Nancy. Bylo na ní poznat, že se nechce zatím dotknout ožehavého tématu jejich vztahu. Ani s Ruslim, ani s Azizou.

Pokud jde o Kemala a jeho verše – Rusli vlastně nečekal nic jiného. Jak také jinak – etablovaný básník v současné Malajsii, univerzitní lektor kreativního psaní, jen trochu sufismu si může dovolit. Jestli býval rebel, už se asi zklidnil. Ale Rusli by neměl spěchat s úsudkem, rozhodně neodsuzovat dřív, než pozná jak básníka, tak muže Kemala. Snad má Nancy něco s sebou. Prozatím se zdržuje poznámek, nechává si své myšlenky zatím pro sebe. Nancy je asi zaujata Kemalovou tvorbou, jinak by se nepouštěla do spolupráce. Anebo má i jiné důvody? Pracovní, osobní?

Aziza se zvedá, slyší malého pokašlávat. Nancy posunkem naznačuje ochotu jít s ní, ale nakonec zůstává s Ruslim. Zpytavě se na něho dívá. Její oči se mírně přivírají při tom pohledu. Jakoby se bránily slunci, jako tenkrát v Austrálii po Azizině odletu, když vyšli společně z odjezdové haly. Moc toho spolu nenamluvili v kavárně ve městě, kam si na chvíli sedli. Také spolu pili kávu, jako teď, jen ten jejich vztah byl ještě jednoduchý. Ne tak rozehraný, spíš slibující zajímavé rozhovory. A zajímavé debaty to byly, dost se setkávali. Napřed jen pracovně. Byli ve stejné komisi. A pak tak trochu i pro samotnou radost ze vzájemné společnosti. A než si Rusli všechno srovnal, byly tu společné návštěvy -- galerie, plovárny, pláže, kina, koncerty a divadla. Diskuze filozofie, politiky, náboženství – poznávání jeden druhého.

Jen jedna část Nancyny osobnosti zůstávala tabu. Vždy ona sama odvedla řeč jinam. Nepadlo jediné seriózní slovo o jejím milostném životě. Cosi se v něm dnes, v této chvíli, při kávě v jeho a Azizině domku, vzepřelo. Nancy měla určitě své důvody, proč se nesvěřovat. Ale on ji podezírá, že toho tabu zneužívá k udržení romantického přátelství s ním. Viděl v tom erotickou výzvu, i když velmi tlumenou. Ona má jeho celý život jako na dlani. Není to zrovna rovnocenná hra. A teď do toho všeho, do té neurčité situace, vstupuje další neznámá – další X. Až na to, že to X má jméno a určení. Kemala, básník. Měl by si oddechnout, nechat Nancy tam, kam patří v jeho nejvnitřnějších představách.

„Na co myslí muezzin v minaretu?" škádlí ho Nancy, tak jako tenkrát v Austrálii. A jako v K.L. v telefonu. Nebyl by muž, aby nereagoval také hrou slov. Ale předešla ho Aziza, co se zrovna vracela z dětského pokoje. „No přece na svou krásnou ženu. Nebo více žen? Islám nezapovídá mnohoženství, pokud ta první žena souhlasí."

„Téma k debatě na celou noc. Ale ne dnes. Prosím o smilování." Všichni tři se smějí Rusliho vzpouře. Jeho oči zůstávají chvíli viset na Nancyných rtech, co se nepatrně rozevřely k odporu, ale slova nevyšla. Rozmyslela si to. Bože, ta přitažlivost tu stále je. Neodchází tak rychle, jak přišla. Je to mezi nimi nevyřešené. A oba to vědí. Jakoby v tuto chvíli četli myšlenky jeden druhého. Nancy s Azizou mohou být ty nejlepší přítelkyně, ale z jeho zatím skrytého toužení nic nebude a nemůže být, i když je to stále tu. Teď ještě ty řeči o několika ženách muslimů!

Flirtování s Nancy je sice zábavné, ale má své ostří, kam se není radno přiblížit. Je v skrytu rád, že Nancy je tu jen na skok. Přiletěla na Azizino naléhání. Rusli se o tom všem dozvěděl později, až když propuklo to téměř skandální nedorozumění. Ano, zahrává si s ohněm. Může přijít o zaměstnání, o dobrou pověst mezi zdejší muslimskou obcí.

Co ho to, proboha napadlo svolit k Nancyně přítomnosti v minaretu v době svolávání k modlitbě! Ta jeho lehkovážnost už ho jednou ohrozila. Tenkrát v Brisbane, nebýt kamaráda, šlo by to s ním pěkně rychle z kopce. Tady v Palembangu ho zachránil starý muezzin. Vzal to na sebe, to svolení k Nancyně návštěvě v minaretu. Rusli to od něho nečekal, jak pohotově zareagoval, když s jedním důležitým členem obce přišli nahoru do minaretu zrovna, když Rusli cosi vysvětloval Nancy. Předváděl jí, jak je minaret zmodernizovaný, když uslyšel kroky. A Nancy jen tak, prostovlasá, bez šátku, těsně vedle něho, jak se spolu skláněli nad tou elektronikou.

Ještě teď slyší slova starého muezzina: „Rusli se radí s jednou expertkou, jak zlepšit akustiku." Ta věta zněla velice hlučně, až příliš hlučně! Nancy rychle uvolnila širokou stuhu na šatech a alespoň symbolicky si zakryla hlavu. Musí říct, že se jí také v té chvíli obdivoval, že neztratila duchapřítomnost. Jedině on sám a neznámý host zůstali beze slov zírat na tu situaci, zatímco na rtech Nancy i starého muezzina pohrával vědoucí úsměv. Možná, že i zábavné ocenění absurdní situace.

Muezzin byl již sehnutý hubený stařec. Rusli neznal jeho přesný věk, ale připadal mu duchem úžasně mladý. Obličej bez vrásek a čisté oči, které měly laskavý výraz. Teď zrovna se mu šibalsky zajiskřily, když zpozoroval reakci Nancy. Ano, definitivně to ocenil a dával to také najevo tím, jak se ujal představování přítomných rychlou indonéštinou. A Nancy nezklamala ani teď a perfektní formální indonéštinou mu zanotovala. Omlouvala se za malajské zabarvení své indonéštiny a diplomaticky se vyhnula vysvětlování, co tady nahoře v minaretu dělá kolem elektroniky bez svolení obce. Rusli také o tomto opomenutí pomlčel. Nebyl si ani jistý, zda nějaké povolení potřebuje. Vlastně ho to ani nenapadlo, a když se to tak vezme, tak o to ani nešlo. Šlo přece o přítomnost „kafirky" – pohanky o samotě s Ruslim v minaretu.

Přijme exmuezzinův host tuto hru „na slepou bábu", nebo začne kritizovat? To nevěděl. Přece hned teď před Nancy ne, ale později? Rusli neví, jakou ten muž má pozici v obci, je-li vlivný. Je to mecenáš? Ortodoxní? Vypadá mladě a inteligentně, ale to nezaručuje toleranci. Rusli děkuje za návštěvu a sjednává schůzku na později, po modlitbě. Rozcházejí se. Nancy se vrací domů k Azize, zatímco Rusli s oběma muži vchází do malého nádvoří před mešitou, kde jsou kašny.

Ruslimu neznámý člen obce se v tichosti připravuje na obřad. Evidentně se vyhýbá přímému pohledu na Rusliho. „No tak dobře," myslí si Rusli – dobře mně tak – jen ať mě potrápí. I když by nemusel dávat najevo ten odstup, ať už si myslí, co chce. Jakoby onoho zmatku již nebylo dost. Co vlastně chce ten chlápek projednávat? Jak dobře se zná se staříkem?

Když po modlitbě vešel Rusli s oběma svými hosty do své kanceláře, Aziza náhle vešla dovnitř, pozdravila se s nimi a nabídla čaj. Později po návštěvě nenápadně vyzvídala, co se děje. Nancy byla jako na trní, ale zdálo se, že neřekla nic o tom přehmatu. Rusli je obě ujistil, že mu stařík přišel zatím předběžně oznámit, jak se obce staví k jeho občasné nepřítomnosti. Prý je všechno v pořádku. Exmuezzin vypomůže, jen by potřeboval spát v té době v kanceláři, aby sem nemusel docházet z druhého konce města. Návštěva v minaretu nemá s celou záležitostí nic společného, je to jen pozornost k hostu, co projevil zájem o vysílání.

„Ale jak to uděláme s tvou matkou, pojedeme-li spolu do K.L., Azizo?" říká Rusli rozpačitě. „Asi by sem tím pádem nejela a hlídala by v Acehu, ne?" Ale jak se ukázalo, všechny ty úvahy a plány byly zbytečné a hlavně předčasné. Situace se vyvinula úplně jinak a mnohem rychleji, než očekával. Co tomu ale předcházelo, bylo jako blesk z nebe. Ani jeho přítel, starý muezzin, tomu nezabránil, i když se snažil. Ale musel se nakonec poddat většině. Kam zmizel ten obdiv, ta úcta obce k básníku Ruslimu, to očekávání slávy, co obec sklidí, že budou mít ve svém středu vydávaného spisovatele? Jak se náhle obrátilo proti němu to, co ještě před nedávnem bylo předmětem obdivu – jeho experimentování, jeho přímost v jednání, dokonce jeho umělecká extravagance. Jak mu nezazlívali jeho „modernost".

Proč ten prudký zvrat, to mu bylo jasné. Alespoň si myslel, že to chápe. Ale jako vždy při konfliktu nedomyslel všechno, nepochopil všechno. Věděl jen, že nebýt starého muezzina, postih by byl drastičtější. Vždyť už ten osudný večer, po odchodu obou hostů z jeho domu, začínali v ulici postávat porůznu muži, které vůbec neznal. Museli být z jiné části města. Aziza ani Nancy si ničeho nevšimly. Jen z oken kanceláře, co vedly do ulice, bylo vidět ty hloučky. Rusli se zatím ovládl, i když mu to bylo divné. Spal jen na půl oka.

Začínalo mu docházet, že část obce má vůči němu výhrady již od začátku. On jim vlastně poskytl munici k otevřenému ignorování a v horším případě i k výhružnému chování nejen vůči němu, ale i vůči jeho rodině. Vzpomněl si na ty narážky před svým nástupem do funkce muezzina: „Není z Palembangu, je Acežan, je modernista." Ten přestupek s „kafirkou" není hlavní důvod, i když pádný, pro odvolání z funkce muezzina. Chtějí sem prosadit někoho jiného, je to vlastně vyhraněný spor mezi dvěma frakcemi zdejší muslimské obce. On jim nahrál.

Co Rusliho nejvíce děsilo a zároveň pobuřovalo, byl ten náznak možného násilí. Ta blízkost ohrožení, to inuendo dostatečně silné, aby v něm vzbudilo obavy nejen o to místo muezzina, ale i eventuální reference, půjde-li o hledání nového místa. A co Aziza a dítě? Od srocování až po útok, i když jen beze zbraně, je vždy jen krůček. Ví toho dost o psychóze davu, aby si neuvědomoval všechna možná úskalí života v takovém prostředí. Není v tom pouze sám, měl by promluvit s exmuezzinem, pokud opravdu začala válka nervů.

Volání k první modlitbě dne ho zastihlo ještě v posteli po té neklidné noci a znovu byl v té chvíli vděčen za tu moderní technologii dálkového ovládání. V první chvíli si řekl, že nepůjde do mešity. Nebylo to povinné, nebyl konec týdne. Mohl se pomodlit doma. Pak ale zvítězila logika a také zvědavost. Pozná některé ty tváře z pozdního večera? A jak se budou chovat ti, které zná ze schůzek obce? Vědí o tom? Už při omývání si uvědomil, že nevidí přítele muezzina, ani hosta z minaretu. Nevěděl, je-li to náhoda nebo úmysl, ale rozhodně mu to ubralo na sebevědomí z té trošky, se kterou sem přišel.

Věděl, že na půdě mešity se nemůže odehrát nic drastického, kromě ignorování a ostentativní izolace. Toho se mu dostávalo v poměrně krátké chvíli vrchovatě, a ten pocit osamocení byl opravdu zlý. S nostalgií si uvědomil, jak mu bylo ještě před několika dny dobře, i když ve skrytu duše toužil po neznámých krajích a svobodě rybářů, co spali v bárkách kolem palembangského mostu. Realita tvrdého života rybářů vůbec ani na chvilku nebleskla tím sněním. A co teprve těžkosti těch ženatých prodavačů zeleniny a ovoce, co s dětmi i celým svým majetkem jsou usazeni v bárce, a nemají jiného východiska ani úniku.

Začal se v duchu sám sobě vysmívat, také aby přehlušil ten smutek vyvolaný izolací v mešitě. V té mešitě, která je součástí jeho reality a patří do jeho života, tak jako minaret a tak jako bárka k rybářům. Přestal se pokradmu rozhlížet po přítomných, přinutil se nehledat ty tváře z minulého večera. Ti, co měl kolem sebe, asi nebyli před jeho domem, zejména pokud souhlasili a popřípadě i zorganizovali tu výhružnou akci. Podařilo se mu nakonec soustředit k modlitbě, a pocity úzkosti i nejistoty se pomalu vytrácely z jeho mysli.

Už předem bylo dohodnuto, že Nancy na letiště odveze Aziza, a to se také stalo tentýž den odpoledne. Ale tomu předcházel další nepříjemný incident, tentokrát pro Nancy a Azizu při dopolední návštěvě knihovny. Ještě než tam dorazily, téměř je ohromil cestou zážitek, který byl jasně nepřátelský a mnohem krutější, než to srocování před domkem, o kterém obě ženy zatím nic nevěděly. A Rusli to chtěl nechat všechno být tak, jak to bylo, v tajnosti, nebýt té druhé události. Nancy se těšila, že uvidí rukopis „O dobrodružstvích Radena Panjiho" známého legendárního hrdiny. Rukopis byl uložen v Palembangu a tak zdejší Nancyna návštěva byla pro ni úžasnou příležitostí. Také mohla využít Azizinu dobrovolnou činnost v knihovně a její známost s jinými zaměstnanci, kteří urychleně vyřídili formality členství knihovny. A tak se spolu vydaly ráno poklidnými ulicemi Palembangu, aby vyhledaly betju nebo taxi. Aziza zasvěceně zamířila zkratkou do místa, kde věděla o stanovišti. Bylo to alespoň 15 minut chůze, musely projít úzkými uličkami.

Zabočily tedy do gangu – úzké uličky, mezi dvouma bloky domů. Náhle odkudsi přiletěl kámen. A zazněl smích, spíš jekot, co provází pošklebek. Nebylo to nic příjemného pro žádnou z nich, ale řekly si: „No, děcka – uličníci!" Nancy se dušovala, že se jí to ještě nikdy nestalo, a to ještě nevěděly, co je čeká, až projdou gangem. Teprve později si Aziza uvědomila, že slyšela dusot celého hloučku, nejen kroky jednoho uličníka. Ten dusot je provázel celou délkou gangu, tlumený zdí, až vyústil jako voda potoka do malého náměstíčka, kam je dovedl konec uličky. Tlupa dětí se objevila na konci druhé uličky a hrnula se jejich směrem. Jak se k nim blížila, bylo slyšet pokřikování. Jedno slovo obzvláště vynikalo: „kafir". Aziza vzala Nancy kolem ramen a zastavily se, aby hloučku čelily. Bylo potupné před nimi prchat. Stalo se, v co doufaly. Hlouček uhnul a vrhl se jinam.

Aziza s Nancy vešly do prvního warungu – malé jídelny, na kafe. Obě byly viditelně rozrušeny tou příhodou. „Viděla jste to?" ptala se Aziza servírky. Ta přikývla a šla připravit kávu. Když je obsloužila, řekla něco, co oběma mladým ženám vyrazilo dech. Ani Rusli se tomu nebyl schopen sarkasticky zasmát, když se to dozvěděl. „To víte," řekla servírka, „ty děti slyší doma, že náš muezzin si vydržuje druhou ženu a ještě k tomu všemu prý není muslimka. Ale jestli je, pak by neměla chodit bez hidžabu, nebo alespoň s nezakrytou hlavou. To je přece slušnost, ne, na veřejnosti."

Aziza se snažila situaci vysvětlit hned na místě, ale přece jen se neubránila kritice. „Rodiče by neměli pomlouvat ostatní před dětmi. Měli by je umět zvládnout. Ty nadávky a to kamení by si nikdo, ani děti, dovolit neměl, ať je jak chce pobouřen, nemyslíte?" Aziza hleděla na ženu, která jen pokrčila rameny. Sympatií se nedočkaly. Když odcházely z jídelny, přehodila si Nancy šátek přes vlasy a servírka se na ni spiklenecky usmála. Tak aspoň něco, alespoň náznak pochopení, lidský projev účasti. Trochu jim oběma otrnulo.

Dorazily do knihovny už bez dalších nepříjemností, a kolegové Azizy ochotně pomohli s hledáním žádaného rukopisu. Nancy si pohodlně sedla ke stolu a s potěšením se probírala tím vzácným dílem. Po chvíli byla ale zmrzlá jako preclík – bez svetru v přechlazené čítárně. Bez váhání si alespoň zakryla paže tím nešťastným šátkem. Stejně to nebylo jen tou klimatizací, musel také doznívat ten šok. Při cestě z knihovny chtěly obě trochu zažertovat, ale nějak jim to nešlo.

Rusliho pocit viny a stejně tak rozpačitost Nancy jim pokazily poslední společné chvíle ve třech, i když se snažili vyvarovat úvahám možných následků pro všechny tři v zaměstnání a v životě. Ta nevyslovená hrozba jim na náladě nepřidala.

Až pár týdnů po odletu Nancy dostalo vše nečekaný spád. To už Rusli s Azizou téměř na vše zapomněli. Dokonce mohli bez zábran vést nezávazné konverzace po telefonu s Nancy, která měla o ně opravdu starost. Jak bylo zjevné, nejen sám Rusli, ale i ona měla výčitky svědomí. Ano, měla si uvědomit, jak všechny ohrozila svou impulsivní zvídavostí, jak se vlastně vnutila na ten minaret.

Nehledě na morální stránku věci, profesionální etika Rusliho se jaksi zakymácela. Rusli začal mít pochybnosti, zda má udržovat přátelství s Nancy. Konec konců Aziza se stala dobrou Nancynou přítelkyní. Měl by se chopit příležitosti a nenápadně z toho trojúhelníku vyklouznout? Azize definitivně nic rozmlouvat nebude, nemá proč. Pokud o tom sama nezačala mluvit, on se spíše takového rozhovoru stranil. A Aziza nenaléhala. Jako vždy respektovali jeden druhého, nechávali dostatečně velký prostor jeden druhému k přemýšlení i jednání – prostě soukromí. Jejich přátelé jim tu rovnováhu mezi intimitou páru a vnitřního života jednotlivce záviděli. I Nancy na to více jak jednou zavedla řeč, obdivnou, a tak trochu nedůvěřivou, téměř skeptickou. Možná to byl také jeden z důvodů, co ji vedlo k flirtování s Ruslim.

Někteří známí Rusliho a Azizi sledovali sice s respektem, ale ostražitě jejich vztah. Jakoby čekali, že na povrch vypluje něco pikantního, co zdůvodní jejich úspěch společného života od univerzity až po manželství s dítětem. Příhoda Rusliho s Nancy v Brisbane a teď v Palembangu by jen podpořila tendence přátel analyzovat jeho vztah s Azizou.

Vlastně ani nevěděl, jestli Aziza má tady v Palembangu důvěrnou přítelkyni. Nikdy se o nikom nezmínila. Asi jsou zde příliš krátkou dobu. On sám tu vlastně také nemá dobrého kamaráda. Ale přece jen je tu starý exmuezzin, k němu má opravdu láskyplný vztah, a tuší, že on, Rusli, také není staříkovi lhostejný. Ale to je spíš vztah synovský. Když se nad tím zamyslí, tak ty důvěrné kamarádské nitky z Medanu se tenčí, tak jako ty dřívější z Acehu. Rusliho nejlepší kamarád je v Brisbane. Azizina důvěrná přítelkyně zůstala v Medanu. Takže pokud si nevylijí srdce po telefonu, tak není vlastně komu.

Povzdechl si. Jen zapochyboval o Nancy, jestli nebude dávat k dobru těch pár příhod s náležitým zabarvením ve svém okruhu známých. Nebo ji jen tak nechtěně něco uklouzne. Zlý úmysl v tom ale jistě nebude. Není zlomyslná. A o flirtování definitivně mluvit nebude. Není hloupá, ví, že by uškodila všem třem.

Je čas jít na ten zpropadený výbor. Tam mu umyjí hlavu za ten minaret s Nancy. Starý muezzin se tvářil dost tajemně, když prohodil, že se konečně muslimská obec rozhodla k závažnému kroku. Chtějí, aby vzal s sebou také Azizu i s chlapečkem, pokud ho nemá kdo hlídat. Ale nakonec to nebylo třeba. Exmuezzin se teď zrovna objevil v doprovodu mladé ženy. Prý jeho neteř, že pohlídá malého, který sladce spal.

A tak se vydali na schůzi jen oni tři. Russli, Aziza a stařík. Po cestě jim naznačil, co bude. Řekl s humorem jemu vlastním: „Tak buď budete hodně dlouho připravovat sbírku básní pro vydání v K.L. a po celou tu dobu muezzinská pozice je vaše, a nebo přípravy půjdou jako na drátku, rychle, a pak taky rychle balíte kufry a co nevidět měníte zaměstnání i město. Kam by to bylo, to se zatím neví. Naštěstí nikdo ve výboru nebyl proti dobré referenci, co by podpořila novou žádost o přestup jinam. Tak se oba držte při tom dnešním pohovoru, mám vás oba rád a jen nerad se budu loučit. Myslím si, že jste jako stvořeni pro Palembang. Minaret i knihovna by ztratily dobré lidi.“

Šel mezi nimi a položil lehkým gestem jednu ruku kolem ramen Azizy a druhou kolem Rusliho. Letmý a rychlý dotek, jako když si na chvíli sedne na kůži motýl, dojal Rusliho tak hluboce, že rychle zapolykal. Aziza šla se sklopenou hlavou, což nebylo jejím zvykem. Rusli si viditelně oddechl. Má staříka na své straně a jeho slovo má váhu. Toho kompromisu jistě dosáhl on, a o tom ani Russli, ani jeho žena nemá žádné pochybnosti. Schválení z vyšších úřadů je jen formalita, pokud zdůvodnění výboru muslimské obce bude jasné a přesvědčivé. Tak trochu mu vrtalo hlavou, kdo asi je ten kandidát na jeho místo. To se určitě brzy dozví, je to jen otázka času. Zřejmě ho bude zaučovat, pokud ovšem opět obci nepomůže starý muezzin.

Jednání výboru proběhlo hladce. Rusli ani Aziza se nebránili rozhodnutí, jen trvali na nevinnosti celé příhody. Také tak se o tom nadále mluvilo, jako o nešťastné události, o nedorozumění. Pokud byli v obci ti, co žádali tvrdší postup proti Ruslimu, tak zůstávali v pozadí. Neprojevili se ani na výboru, ani později při větších shromážděních. Ani sám Rusli již nepocítil tu tíhu izolace v mešitě. Jistě, nebylo to tak úplně jako dřív, ale to ani nečekal. Pochyboval, že by se vše mohlo zase vrátit tam, kde to bylo na začátku, nebo dokonce do bodu, kdy se v obci dozvěděli, že mají mezi sebou básníka.

Aziza se v řeči občas zmínila o tom strachu z fyzického násilí, jak ji mentálně poznamenala ta úzkost, co pocítila z nebezpečí ublížení na těle. Chvíli jí to trvalo, než se cítila bezpečnější natolik, aby svou úzkost nepřenášela i na malého.

V ten večer doma, po návratu z výboru, Rusli ještě nedokázal zaujmout objektivní postoj k celé věci. Cítil se ukřivděný, vzmáhal se v něm vzdor a dokonce vztek, namířený na všechny strany. Na Nancy, že ji vůbec ten šílený nápad vyvstal na mysli jít s ním sama do minaretu. Na Azizu, že ji neodradila. Na sebe, že neodmítl. Všechny ty pocity, co jím zmítaly, se pak proměnily ve vzdor. Všechno se to v něm vzepřelo, jeho pohrdání těmi tmáři, co si nevidí ani na špičku nosu. Jsou to pokrytci! Nařkli ho z porušování morálky, ze zpronevěry islámu.

Snažil se nedat najevo překvapení, že Aziza ho z ničeho nevinila, nic mu nevyčítala. Ani po tom útoku kamením na ni a Nancy. Rozhořčila se řečí té servírky v jídelně, kam s Nancy po tom napadení zašly na kávu. To v ní ale také vzbudilo spíše vzdor než pocity viny, že tomu nějak nezabránila. V hněv proti Ruslimu se ale nic z toho neobrátilo. On sám se spíše v skrytu obával, aby za její velkorysost oba neplatili ochlazením jejich stále pěkného milostného vztahu, co je oba tak úžasně hřál. Toho, že by Aziza zneužila jeho pocitu viny, se neobával. Byl skálopevně přesvědčen, že ona tohoto není schopna.

Po poměrně dlouhé době se zase vydal na svou oblíbenou procházku k mostu. Byl krásný vlahý večer. Bárky se sem stahovaly jako do přístavu. Opřel se o most. Uvědomoval si, jak dlouho mu trvalo, než nabyl ztracenou rovnováhu, co mu unikala mezi prsty v těch dnech zmatku.

„Salaam alaikum," ozvalo se za jeho zády. Otočil hlavu a překvapeně opětoval pozdrav: „Alaikum salaam." Nebyl schopen v té chvíli potlačit své překvapení. Za ním stál ten host, co přišel se staříkem do minaretu tak nečekaně, že ho málem nachytal in flagrante – tak se to alespoň muselo jevit oběma příchozím. V duchu mu říkal „mecenáš", občas to myslel ironicky, přestože o něm nic nevěděl, ani teď. Nepátral po důvodu té návštěvy. Snažil se na tu příhodu zapomenout. Potlačit detaily. Rusli s „mecenášem" teď stáli vedle sebe bok po boku, vyměňovali si obvyklé zdvořilosti.

Rusli málem vyhrkl, co tady chce, co se děje, o co jde!? Jeho společník náhle řekl: „Ty útoky, mám na mysli jak násilnosti, tak pomluvy, ustaly, jak jsem slyšel. Díky bohu! Chci vám jen říci, že máte tady v Palembangu přátele, co chápou vaše intelektuální chápání islámu, dokonce s vámi možná i v mnohém souhlasí. Bohužel, pro klid zdejší muslimské obce, poměrně nekonzervativní na jednu stranu, ale ortodoxní na druhou, není vyhnutí, pokárání je nutné, i když ten krok, co obec podnikla, se zdá přehnaně přísný. Je mi líto, že události kolem vás vedou k vašemu přeložení.“ Při těch slovech se „mecenáš“ nedíval přímo na Rusliho, ale na připlouvající bárky. Rusli prohodil: „Asi bych měl přijít na most, když bárky vyplouvají, co myslíte?“ Teprve teď se na sebe oba muži s porozuměním podívali.

„Vše pro klid muslimské obce!“ povzdechl muezzin. Rusliho sen básník-muezzin v Palembangu, ve městě, kde se mísilo tolik kultur, se rozplýval tak rychle, že Aziza i on nestačili ani zalapat po dechu. Tak se rozplýval i Azizin obraz mezi květináči na terase, pomalu se měnil na jiný, na tu odplouvající bárku, co pojmula všechno, co vlastnil – ženu, dítě i svazek básní. Nebyl na tom hůře než rybáři. Zasmál se své paralele.

Nancy alias Nina Nur Zuhra

Cukrárna, prý nejlepší v Kuala Lumpuru, bzučí smíchem mladých dívek, co sem přišly hledat útočiště po hodinách přednášek v přechlazeném sále nedaleké univerzity. Trochu dál od vchodu sedí v zadumání osamělá žena nad kávou, kterou pomalu upíjí, a co chvíli jí padne zrak na otevřenou stránku časopisu Malay Literature, odkud na ni hledí inteligentní tvář prostovlasé mladé ženy.

Nancy se nemůže ubránit nutkání podívat se do zrcadla na stěně cukrárny. Těká zrakem od fotografie ke tváři v zrcadle a zpět. „Jsem to opravdu já?" Ani si není vědoma, že tu větu řekla nahlas, smutně a udiveně. Jasně vidí tvář orámovanou muslimským šátkem, tvář usedlé ženy neurčitého věku. Ta rychlá proměna ji zaskočila. Nebýt očí, stejně inteligentních, co na ni hledí z té nové zaoblené tváře, asi by se tvrdě dohadovala, že to není ona, ta žena z časopisu. A je to jen pár let, co tu fotku s článkem v časopise předala do nakladatelství.

Je jiná, ano, vždyť ví, že je jiná. Jinak oblečená, s jinou tváří i postavou, přitlumená. Co si bude nalhávat. Ztloustla, zestárla, pryč je ta jiskra. Má také jiné jméno. Je teď Nur Nina Zuhra. Nina po své ruské prababičce, kterou tak obdivovala, když sama byla v tom úžasném věku dvaceti let. Nur Zuhra signalizuje novou etapu jejího života – islám.

Kdo ji dnes ještě osloví jejím vlastním jménem Nancy? Tady, v Kuala Lumpuru, jen několik evropských známých, a to ještě váhavě, aby snad nenarazili. Stále ji berou jako Nancy, výbušnou, celým zjevem na pospas, s výzvou k otevřenosti. Ale proč se tedy kontrolují ve styku s ní? Nechtějí se jí plést do soukromí, ano, to bude ono. Jen Aziza, jediná z jejích přítelkyň, jí řekla něco, na co asi nikdy nezapomene. Vzala ji za ruku a tiše s důrazem pronesla: „Seš si jistá, že to, čeho se vzdáváš, ti bude vynahrazeno? Že to, po čem tak prahneš, ti zaplní tu mezeru? Nancy, prosím, probuď se."

Dopila kávu, vzala starý časopis se svým článkem a bez dalšího pohledu do zrcadla opustila cukrárnu. Zamířila domů, do svého bytu v Petaling Jaya, co dostala po rozvodu s Kemalem. Byt, lektorské místo na fakultě International Islamic University v Kuala Lumpuru a muslimský šátek, to je vše, co má teď, ale bez Kemala.

Příběh Nancy není o moc jiný, než ty podobné ostatní. Milostný vztah zkomplikovaný náboženstvím. Začalo to všechno tak lehce. Jak se oba těšili na setkání plné společných zájmů, na tu nadšenou spolupráci. Ty básně a lehounké momenty flirtu nad malajštinou, problémy s angličtinou a hlavně ten konflikt dvou rozdílných civilizací. Na jazykových problémech pracovali, ale přes tu odlišnost kultur to nějak nešlo, a tak se prostě přes to přenesli.

Když Nancy dorazila domů, čekala ji v poštovní schránce pozvánka na zahájení prodeje nového svazku básní s podpisováním, samozřejmě Kemalova nová knížka. Má jít, nebo ne? Prostě neví. Stojí uprostřed místnosti, tak jak přišla, starý časopis odložený na psacím stolku.

Telefon. Nakladatelství se ujišťuje, že Nur přijde na to podepisování. Slyší samu sebe, jak svoluje. Vybavuje si jejich první společnou sbírku, překlad Kamalových básní do angličtiny vydaných dvojjazyčně. Malajský originál na jedné stránce a anglický na druhé. Mělo to úspěch, a tak si to zopakovali. Jaké to bude tentokrát? Asi trapné. Tenkrát oba oplývali nadšením a chválou toho druhého.

Slyší se v duchu, jak tenkrát říkala: „Je úžasný, originální, že?" A slyší i jeho, z jiného hloučku: „Je jiná, než bych čekal, nesráží mě, inspiruje mě, prostě exploze citů." A všechny ty výlevy v přítomnosti mnoha hostů, včetně jeho ženy. Netajil se ničím. Zcela samozřejmě prohlašoval, že jeho rodina o Nancy ví.

Až teď si Nancy říká: „Ví? Ale co? Copak nic netuší? Copak jeho žena na něm nic nevidí? Jsou všichni slepí? Teď už ne. Po tom fiasku. Byli všichni slepí, nebo šlo o nějakou dohodu, kterou Nancy nikdy nepochopí?" Stoupá v ní vzdor. Samozřejmě, že tam půjde, vystaví tu svou změnu, ať se všichni dívají. A třeba ta původní Nancy na ně vykoukne z podmuslimského šátku. Třeba.

Podařilo se jí udržet se v té vzdorné náladě až do momentu, než vstoupila do prostorné haly nakladatelství. Nalevo stál malý hlouček, od kterého se odpojil šéfredaktor, aby ji přivítal. Říká, jak je vděčný, že přišla, odvádí ji do knihkupectví, kde teď probíhá příprava na oficiální zahájení. A je tu samozřejmě Kemala.

Nancy hledá očima evropskou tvář, kohokoliv, co vypadá stejně jako ona, i když je jinak oblečená. Kohokoliv, kdo má stejné kulturní zázemí. Konečně takovou tvář spatřila, a je jí nějak povědomá. Odhodlaně se přidává ke známým z nakladatelství, mezi kterými je také jí známá orientalistka. Už se i ona začala usmívat, zapředla rozhovor o nové knížce, gratuluje. Pak se odmlčí a po chvilce dodává: „Budete s Kemalem pokračovat ve spolupráci, doufám." Větu sotva dokončila a oficiální část programu se rozjela. Kemala řekl svých pár vět, všem poděkoval, včetně Nancy. Přítomní se s potleskem obrátili i jejím směrem. „Tak, a je to za mnou," řekla si.. Ale nebylo.

Kemala sice zasedl ke stolu a začal tu svou podpisovou akci, jak tomu sám říkal, ale Nancy zůstala na pospas svému okolí. „Musím nějak zmizet," říká si. A za ní se ozývá jí známý hlas: „Unikáš, že?" Ohlédla se. „Vysvobodíš mě, Rusli? Máš tu Azizu? Ale ty tady asi chceš zůstat s Kemalem, že?" Má úzkost v hlase.

Rusli se zahledí do její tváře a pak spiklenecky prohlásí: „Ten mě teď zrovna nepotřebuje, jak vidíš. Jdeme na kafe o kus dál, já se sem pak vrátím." Nancy se omlouvá pár známým a společně s Ruslim se konečně dostávají ven. Nejdou daleko. Warung je blízko knihkupectví, našli dokonce i volný stolek. „Je to zlé, viď? Promiň, ale musím to říct. Moc si se změnila. Nějakou dobu jsme se neviděli, ale mně to připadá neuvěřitelně dávno. Co budeš dělat? Vracíš se do Ameriky?"

Nancy se konečně uklidňuje. Rusli ji neodsuzuje, to je jí jasné. Dokonce ji ani nezapřel, přesto že je Kemalův dobrý přítel. Možná právě proto, anebo pro to přátelství mezi jejich čtyřlístkem. Rusli, Aziza, Kemala, Nancy. Netrvalo ale moc dlouho. Škoda, s nimi jí bylo dobře. Rusli trpělivě čeká.

„Samotnou mě to zaskočilo, nepřipustila jsem si, že bych se nedokázala přizpůsobit. To Kemalovo dvojí manželství mě prostě udolalo. Snad kdybych měla dítě. Kdoví!“ Nancy se odmlčela. Když znovu promluví, je její hlas plný zklamání. „Vidíš, kam jsem to dopracovala. Až k rozvodu, ale ne ke Kemalovu s první ženou, ale se mnou. A jak jsem byla přesvědčená, že nebudu žárlit, nebudu naléhat, aby zůstal bydlet se mnou. Prostě to nešlo.“

Nancy až doteď zcela bez námahy hleděla Ruslimu do očí. Jsou přece kamarádi, i když si někdy zakoketovala. „Ty máš taky na to určitě svůj názor. Tak ven s ním, a navíc Kemala je tvůj kamarád.“ Ještě stále neuhnula pohledem. „Ale dlouho to asi nevydržím,“ říká si.

Rusli sám sklouzl pohledem jinam, a s očima stále upřenýma na lžičku vedle hrnku s kávou říká jaksi váhavě: „Nechápu jen jedno. Jak sis mohla myslet, že pro takovou monogamistku jako jsi ty, je vůbec možné přijmout zlegalizovanou polygamii? A tvůj islám už se vůbec neodvažuji komentovat. Prosím tě, promiň.“ Bylo na něm vidět, jak téměř lituje svých slov.

Nancy se dotkla jeho ruky. Také to nechápala. „Tak vidíš. Přesně to, čím jsem si ho chtěla pojistit, pomohlo náš vztah zničit. K tomu, že jsem se začala zabývat islámem, mě přiměla právě Kemalova situace. Chtěla jsem ho pochopit, přijat ho takového, jaký je, a k tomu patřila jeho první rodina, a já v roli legální druhé manželky.“ Nancy vidí, že Rusli se odhodlává k dalšímu výroku ale už předem toho lituje.

„A Kemala podlehl, že? Konvence zapracovaly a výsledek? Kemala se změnil, váš vztah se změnil.“ Odmlčel se. Po chvíli opět navázal: „Ten rozvod byl asi taky nutný, že? Myslíš, že se dá aspoň něco zachránit?“ Nancy jen vrtí hlavou. Pomalu se spolu loučí. Rusli jde zpět do knihkupectví a Nancy kupodivu s poměrně dobrou náladou se vrací domů.

Zastavuje se na ten vynikající teh tarikh – silný čaj s mlékem, v nedalekém kiosku a pozoruje obvyklý ruch malého tržiště. Má to tu ráda. Bude jí to chybět, jestli se vrátí domů, do Viržínie. Najednou si plně uvědomuje, že stojí před převratnou změnou, pokud vše chce dotáhnout do konce. Její lektorská smlouva končí, manželství je rozvedeno, žádnou další spolupráci s nakladatelstvím zatím nemá. Co jí brání opustit Malajsii? Byt je její, jak s ním naloží je na ní. Pohrává si s myšlenkou, jestli by se Kemala chtěl vrátit. Už ne jako manžel, ale jako básník ke své múze. „Asi jsem blázen," kárá se.

„Mám dnes dobrý den," říká si Nancy, když opustí přednáškový sál. Jen aby jí to vydrželo. Studenti jí viseli na obličeji, tak soustředěně poslouchali její výklad. Je jí dobře, tak jak jí už dlouho nebylo. Toto ještě zvládá, jako herec na prknech, je přece profesionál. Má ráda tu proměnu ze skromné nenápadné ženy na profesionálku, autoritativní, sebevědomou. Umí a ví, jak zaujmout. Co se říká o jejím soukromí není relevantní pro ni, ani pro její studenty. A tak, jak ji studenti v tuto chvíli vidí, tak ji poznal Kemala. Intelektuálku. Má se pokusit o obnovu smlouvy? No, snad; a co kdyby to vyšlo? Přece bude snazší odejít, ale jako Nancy nebo Nur? Pěkně si zkomplikovala život.

Kuala Lumpurská čtvrť Petaling Jaya svítí oslnivou bělobou v žáru malajského slunce. Sem tam se zelená malá skvrna keřů, ale hlavně tu převládají vysoké stromy nangky. Jackfruit se dostane všude, patří do mnoha místních jídel. Obrovské těžké plody se pohupují na větvích. Ty, co zrovna dozrávají, jsou schovány v plátěných pytlích. Vypadají legračně. Nikdo se ale nad tím nepozastavuje. Všichni tady vědí, že je nebezpečné procházet se pod těmi, co jen tak volně visí. Nikdy se neví, kdy nadejde jejich chvíle a mohou někomu spadnout přímo na hlavu. Jako životní katastrofy. Nancy se tomu přirovnání musí usmívat.

Petaling Jaya zaznamenala jednu její proměnu, měla by zaznamenat i tu další. Z prostovlasé Nancy na zahalenou Nur a zpět z Nur na Nancy. Zdá se, že tu první změnu vzalo její okolí jako normální věc. V jejích očích se nic nezměnilo v chování lidí vůči ní. A to nejen na univerzitě, ale ani na tržišti. Poznámka jako „masuk islam" – přechod na islám, byla nezávazně shovívavá. Nikdo nečekal vysvětlení ani podrobnosti. Vždyť ji tu vídali s Kemalem. Jen ta zvídavá prodavačka ovoce se šibalsky usmívala: „Suka kawin" – manželství je prima, doporučuji.

Oddechla si, když dorazila z přednáškové síně do administrativní budovy fakulty, kde měla kancelář. Chodby budovy jsou sice do dvora otevřené, ale stažené žaluzie brání slunci proniknout dovnitř. Chodby jsou chladné a tmavé. Stejně tmavá je i kancelář. A nejen tmavá, ale i studená, s pevným oknem, které se nedá otevřít. Tím pádem nelze vypnout klimatizaci bez rizika udušení. Nancy občas zažertovala, že by se tu dalo nádherně hubnout, pokud by nenastala smrt z horka dřív, než by ta kila zmizela.

Napadlo ji, že teď skoro vůbec nežertuje. I ty občasné rychlé, krátké poznámky, co létávaly vzduchem, když přednáší, jakoby někam zapadly, a sama si je vědoma toho, že i studenti postrádají její suchý humor. Ale stejně jsou senzační. Nemůže si naříkat na svou třídu. Jsou mladí a rozpačití, nedokáží nebo nechtějí ani skrývat, co si myslí o jejím přestupu na islám. Měla pocit, že někteří jakoby v tom viděli nějaké prospěchářství z její strany a druzí zase jakoby jí vyčítali, že se vzdala té kulturní odlišnosti, co je k ní přitahovala.

Na chodbě přede dveřmi kanceláře se ozývají mužské hlasy. Nur je poznává neomylně. Hovorová malajština, co jí tak dlouho dělala u Kemala potíže, a on se jen smál a říkal: „No, tak spusť přece na mě tou venkovskou američtinou, ať si nemáme co vyčítat." Druhý hlas je kultivovaná hovorová indonéština Rusliho. Ztrnulo jí. Co tu dělají?

„Tady je to, jasně. Nur má přece novou cedulku na dveřích. Už ji vyměnili." Vidí Rusliho nechápavý pohled a dodává: „No přece Nancy na Nur. Však víš, že tady začínala jako Nancy." Kemala rázně klepe. „No, to bude asi trapné," říká si Nancy. V momentu jí proběhly hlavou různé varianty toho nenadálého setkání. „Tak do toho," říká si a prudce otevře dveře. „Pojďte dál, co vás oba přivádí do našeho chrámu vědy? Není si zrovna kde sednout, ale to mně připomíná Palembang. Nebo to byl Medan? Byla u toho také Aziza." Kemala se zarazil. Pochopil její ironii a začal litovat, že sem zašel a to dokonce s Ruslim, svým kamarádem, muezzinem.

Rusli se pobaveně usmívá: „Nádherná manipulace, Nancy. Zazářilas." A Kemala se přidává: „Taky zírám. Já spíš mám na mysli, jak jsi Rusliho představovala mně v nakladatelství Dewan Bahasa. Dala jsi nás vlastně dohromady všechny tři, a pak i s Azizou to byl prima čtyřlístek, ne?" Místnost je opravdu malá. Oba muži postávají. Nancy se opírá o stůl. „Jen jsme tu na skok", říká Kemala. „Rusli odlétá a chce říct ahoj."

Za chvíli s úsměvem odešli, jako by se nic mezi nimi nestalo. Nancy zapolykala. No, tak se na to musí, pěkně to všechno zasklít. Co po nich zůstalo byl jen závan horkého vzduchu, jak za sebou zavřeli dveře do chodby. „Rusli, jiná kapitola v mém životě," říká si Nancy, stále ještě opřená o stůl ve své kanceláři. Ale to bylo ještě před tou osudovou.

Nancy zadumaně usedá na židli ke stolu. „Jsem na křižovatce, snad zahnu tím správným směrem, až naskočí zelená. Rusli má asi zájem o místo lektora, nebo spíš Aziza. Moje kamarádka Aziza, co mě přemlouvala, vlastně rozmlouvala přestup na islám. I ten skok do složitého vztahu s Kemalem prý by se pokusila pochopit, ale proč ten islám? To řekla ona, kdo je přesvědčená muslimka. Možná právě proto. Prý nechápu, co tím všechno ztratím, abych získala něco, co vlastně nemám zapotřebí."

Měla pravdu, ta její zajímavá slova ale padla na hluchou půdu, jak také jinak. Byla absolutně nepůsobivá. V prostoru již do posledního místečka zaplněného citem pro Kemala už nezbylo ani trochu místečka pro realitu. Ta dobře míněná slova nemohla jinak, než vyznít naprázdno. Stejně jako řada podobně neúspěšných jiných rad.

Nic ji neodradilo, jak by také mohlo. Byl Kemala na tom stejně? Jestli o tom někdo něco ví, pak je to Rusli, muezzin-básník, kamarád Kemaly, ale také kamarád Nancy z jejích brisbanských dnů. To kamarádství se protáhlo až do jeho života v Palembangu a téměř dopadlo pro něho nešťastně. Díky Azize a jednomu moudrému staříkovi, exmuezzinovi, se vše urovnalo bez příliš vážných následků.

„Vždycky si vlastně zahráváš s ohněm," říká si. „Vzpamatuj se a ze všeho důstojně vycouvej," řekla by mi moje prabába Nina. Nancy se usmívá. Vybavila se jí stará fotka z dávné minulosti jejich rodiny, ruské v matčině linii. Ta stará ruská židovská rodina, co kdysi odešla do Ameriky, v Nancy zanechala víc, než jen její druhé vlastní jméno „Nancy Nina".

„Mohlo to být horší, že?" říká Rusli Kemalovi v autě při cestě na letiště. Oba se tak trochu spiklenecky zašklebili. Vlastně se vyhnuli tomu, aby jí oznámili, že si Rusli přišel na fakultu ujasnit, co by pozice lektora znamenala. Klepat na dveře Nancyny kanceláře, to byl jen náhlý impuls. Aziza má zájem o to místo, pokud Rusli dostane zaměstnání v nakladatelství Dewan Bahasa. To ovšem za předpokladu, že Kemalovi bude svěřena funkce šéfredaktora. Je to ale ožehavá situace, protože jeden z jejich čtyřlístku musí jít z kola ven. A vypadá to na Nancy.

„Jsi hodný, Kemale, že mě vezeš na letiště. Máme čas si trochu ještě popovídat u kávy. V klidu, bez pohledů tvých kolegů v nakladatelství." „Nur, že?" prohodí Kemala. Jsou tak rozdílní, ale přesto všechno jsou jako bratři, Kemala a Rusli, rozumí si perfektně. Rusli řekl: „Nur nebo Nancy, dvě tváře jedné ženy. To by řekl básník Rusli nebo Kemala? Chápání bude nutně jiné, však to oba víme."

Kemala parkuje. Ztěží našel místo na přeplněném parkovišti. Jakoby si všichni, co někoho vyprovázejí, zrovna dnes usmyslili, že tu ještě pobudou. S cestovním vakem v jedné ruce, druhou kolem Kemalových ramen, se Rusli proplétá k odjezdové hale a pak již jen k pultu s občerstvením. „Dívej, tamhle je místečko pro nás. Zaber ten koutek u okna, ať nám to někdo nevyfoukne. Já chci kafe, a co mám vzít tobě, Kemale?" „Ale nech to, já to beru, jdi to místo radši zasednout ty." Rusli pokrčí rameny a zamíří ke stolku.

Rozhlédne se kolem a oddechne si, že nevidí nikoho známého, co by také zrovna teď letěl do Indonésie jako on. Potřebuje si promyslet, co a hlavně jak řekne Kemalovi to, co má na srdci. Jde samozřejmě o Nancy. „Neříkej jí tak," kárá sám sebe. „Není to už Nancy, je to Nur. Tak jí říká Kemala a zrovna taková, jak ji Kemala vidí, dělá starosti jak jemu, tak mě samotnému." Rusli vidí profil Kemalovy tváře, jak se v té chvíli otočil od pultu a s táckem s nápoji se pomalu blíží k němu. „Asi si taky všechno rovná v hlavě," říká si Rusli, „zrovna tak jako já."

Letiště je pro ten rozhovor vlastně ideální. Je absolutně neutrální. V tom ruchu rozhovoru těch, co se za chvíli rozloučí tak jako oni dva, se snad řekne snadněji to, co se vysloví zrovna teď, mezi dvěma kamarády o ženě, kterou mají oba rádi a oba to vědí.

Oba mají dost času na to, aby při cestě domů nad tím podumali. Rusli má ale víc času v letadle o samotě než Kemala. Ten musí dojet autem a soustředit se na řízení. „Mám mu vůbec něco říct?" říká si Rusli. Váhá. Vždyť Aziza, i když jen v obrysech, mu naznačila, co se děje s Nancy, a tak tu proměnu vlastně tak trochu prožívali s ní. Setkal se s ní jen párkrát po jejím odletu z Palembangu. Připravoval další sbírku básní, a nebylo moc času na nic jiného.

Předtím se ale několikrát ten jejich čtyřlístek přece jen sešel, hlavně kvůli Kemalově iniciativě. Bavili se společně báječně, a Rusli nepřikládal žádný velký význam tomu nevinnému škádlení. Neuvědomil si, že by se dělo něco významného mezi Nancy a Kemalem. Kemala byl přece ženatý a všichni čtyři si toho byli vědomi. Rusli si říká v duchu: „Ale přece jen jsem viděl tu romantiku a znám Nancy, ale nic jsem neřekl. Dokonce jsem i svou ženu Azizu odbyl se smíchem, když cosi podobného naznačila. Jak jsem to mohl nechat plavat?" vyčítá si.

Rusli dále přemítá: „Když jsem začal opravdově kamarádit s Kemalem, Nancy už chodila do madrasy. V té době už musela uvažovat o tom, že bude svatba. Alespoň v její mysli se vše schylovalo k tomu kroku. Ale nemuselo. Přece její „masuk islam" nemusel nezbytně vyústit v roli druhé ženy."

„Rusli, halo!" ozývá se Kemala. „Netvař se tak nešťastně. Co prosím tě, řešíš? Je to velká šance, jestli to místo, nebo dokonce obě místa vyjdou. Jak se na to tváří Aziza? Ze svého muezzina má básníka, a snad i univerzitního lektora. Tomu říkám životní skok."

„Dala mi zelenou," říká Rusli. Na tváři má stále provinilý úsměv. Má tajemství, a to před Kemalem, před kamarádem. Tajemství o svém zmateném citu k Nancy, o skandále v Palembangu, o bolesti, kterou způsobil Azize. Kde má vzít odvahu cokoliv říct Kemalovi, co si myslí o jeho vztahu k Nancy. Rozhodl se, že to nechá na Kemalovi. Sám nezačne. Kemala se sice usmívá, ale za tím úsměvem se skrývá smutek. Je přepadlý. Moc toho asi nenaspí.

„Jak se máš v práci? Vrší na tebe moc povinností? Najdeš čas pro své soukromé psaní? Neplánuješ stáž někde v zahraničí?" říká Rusli. „Brzdi. Na co mám odpovídat dřív?" vpadl Kemala do Rusliho otázek. Měl při tom legračně pozvednuté obě ruce i s nápoji, které ještě nepoložil na stolek.

„Počkej, odpovím, jen, co se napijeme. Mimochodem kafe tu není špatné, líp mě chutná snad jen na Bali. Tak si to alespoň vybavuji. Nebo to byl Penang?" Kemala mávne rukou, teď již volnou. „Malý ostrůvek, prostě žádný poloostrov, nebo velký kontinent. Víš, že bych zrovna teď docela rád někam zmizel?"

Myšlenky Kemalovi přeskakují z jednoho problému na druhý. No ano, prostě se někam zašít, než se všechno přežene. Až bude všechno zase ve starých kolejích. Nic z toho ale neříká nahlas, jen oči ho prozrazují, jak těkají bez cíle po kavárně v letištním prostoru.

O pár stolků dál od nich sedí sama jaksi opuštěně pohledná žena. Rusli sleduje Kemalův pohled. I on se soustřeďuje na tu osamělou ženskou postavu. Sedí k nim z profilu, moderně oblečená po evropsku. Žádný hidžab ani burka, dokonce ani šátek na vlasech. Světle kaštanové vlasy, světlá pleť. Prostě čiší z ní západní civilizace. Alespoň tak se to dnes chápe.

Proč svět vyměnil širší, mnohem obecnější slova za tak vyhraněné úzké výrazy? Sebevědomost, samostatnost, emancipace – ta slova jakoby vymizela z našeho slovníku. Alespoň pokud se týká hodnocení žen.

Žena viditelně zneklidněla. Jistě vycítila jejich pohledy. Zvedá se od stolu a odchází. Je tak podobná Nancy, postavou, chůzí, proto je oba v tuto chvíli tak přitahuje. Oba ji mají na mysli. Jak se nese s hlavou vztyčenou. Prostě Nancy, ne Nur.

„Proč se Nancy tak moc změnila?" ozve se Rusli do toho ticha, co se mezi ním a Kemalem rozprostřelo. Ta věta zazněla jako gong při otvírání divadelní hry v Asii. Jen zde, v odletovém prostoru mohla vyznít tak rázně, ostře, téměř jakoby v sobě nesla obvinění. A vracela se k nim oběma v mnoha obměnách ze všech koutů letiště.

Kemala věděl, proč se Rusli ptá. Čekal to celou dobu od chvíle setkání v nakladatelství při tom podpisování nové knížky. Souvislost mezi cizinkou a Nancy byla na bíledni. K většímu stolku nedaleko od nich se přihrnula skupinka několika mladých lidí. Všichni v pohodlném cestovním oblečení, včetně dívek. „No vidíš, nemají zapotřebí zdůrazňovat oblečením náboženství," ozval se znovu Rusli.

„Ale vždyť já jsem ji nenutil!" odráží Kemala tušenou výčitku. „Já vím. Promiň. Nancy by se přece nedala nutit. Muselo jí to připadat jako jediná možnost. Myslím jediné možné řešení vašeho vztahu. Prosím tě, co se mezi vámi stalo? Proč jste nezastavili tu lavinu?"

„Nechtěli jsme ztratit jeden druhého, a stejně se to stalo," odpovídá Kemala. „Sám to nechápu. Moje múza chtěla do chomoutu. Otěže, okovy, prostě něco jiného." Kemala teď zněl opravdu trpce, jak ho Rusli poslouchal. A bylo mu ho najednou hrozně líto, když Kemala pokračoval ve stejném tónu: „A nejen to, vměstnala mě – mě, básníka, do role ženáče se dvěma manželkami, s dětmi a s celou tou velkou malajskou rodinou. Svou americkou, bohudíky, do toho všeho nezatáhla. S tím se chtěla vypořádat sama. No, alespoň něco, že?"

Kemala překonává bolest ironií. „To je mu podobné," říká si Rusli. Jistěže není čas všechno rozvádět. Ale dovedl si představit, jak jí začal podléhat v jejím úsilí, aby se s ní oženil. Jak odrazil nápor naléhání, aby se rozvedl, a když se s tím vyrovnala, jak myšlenka role druhé manželky se stala jedinou možnou alternativou vlastně pro oba, když se jeho obrana proti legalizaci jejich vztahu začala z jeho strany hroutit.

Kemala smutně pokračuje: „Měl jsem to postřehnout již dřív, tu erozi. Řekls lavina. Právě, že nešlo z počátku o lavinu. Šlo to jaksi pomalu, trošku po trošce, jen takové nepatrné nahlodávání mé obrany, mé pozice, vlastně mě to spíš udivovalo, než zlobilo. A než jsem se nadál, přišel ten avalonš. Zaskočilo mě to takovou silou, že jsem se na nic nezmohl. Připadal jsem si úplně bezbranný.“

Rusli si vybavuje své vlastní zmatky ve vztahu k Nancy, z Brisbanu až po Palembang. A jak Kemalu poslouchá, zaplavuje ho pocit zadostiučinění, že to není on sám, kdo teď řeší tyto problémy. Znovu se soustřeďuje na svého kamaráda. Je rád, že se Kemala natolik uvolnil, že je schopen o tom s ním mluvit. Pokládá mu konejšivě ruku na rameno.

Kemala se teď jen stěží ovládá: „Nur mně prostě oznámila, že se připravuje na konverzi k islámu, že se učí spoustu zajímavých věcí a že je to úžasné.“ S námahou udržuje hlas běžné konverzace. „A já vím, že v tomto bodě jsem udělal chybu. Jasně jsem viděl, kam to míří. Myslím, že mě to natolik imponovalo, že jsem jí to nedokázal rozmluvit. Měl jsem začít argumentovat. Místo toho jsem se jí ptal, jak jí jde arabština. Já blb!“

Ne každý, kdo se chystá k přijetí jakéhokoliv náboženství, má k tomu zjevné důvody. I když vstup do manželství bývá celkem častým podnětem. Rusli se rozhlíží kolem sebe. Nevidí záplavu zahalených žen. Je jich tu méně, než by čekal. Přitom Malajsie je islámský stát, žádná sekularizace jako v Indonésii. Jen mezi ženským personálem letiště je prostovlasá žena spíše výjimkou.

Rusli neví, jak Kemalovi pomoci. Sám má stále bolístku po tom svém citovém chaosu, co ho téměř stál Azizu. Kemala nemá o tom tušení, a tak to také zůstane. Ano, něco má zůstat v hloubce srdce. „Romantika.“ Ani si nebyl vědom, že to slovo řekl nahlas.

Kemala to slyšel a vzal to jako reakci na svá slova. „Máš pravdu, romantika to byla, a to na ultimo. Nevidíš, neslyšíš, reálné argumenty padají. Pokud se k nim tvé okolí vůbec odváží. Bohužel, ta romantika nevytrvala." A tady se oba kamarádi zastavili ve svém rozebírání situace. Žádný z nich nevyslovil to podstatné. Rusli si v duchu říká: „Prostě nemělo dojít k sexuálnímu mileneckému vztahu. Věděli to oba. Pokud nemohli odolat, měli prchat. Jakkoliv, třeba i za cenu té pěkné spolupráce."

Rusli se zvedá. „Budu muset jít, volají k odletu. Nerad tě tu tak nechávám. Ozvi se, Aziza bude taky ze všeho smutná. Když už jste se vzali, proč jste se zase museli rozvést? Vždyť to nedává smysl." Kemala se loučí s přítelem. I on je nerad, že ho ztrácí. Jen doufá, že ne navždy. Kolik jeho přátel mu po tom všem zůstane, to sám neví. „Nevím, proč jsem Nur v manželství neudržel," říká a dodává: „Hlídej si Azizu. Díky za vše a snad se brzo uvidíme. To lektorování i to nakladatelství snad vyjde. Tak pádi!"

Kemala ještě chvíli stojí a sleduje pohledem Rusliho, jak se vzdaluje. Teď vkročil na eskalátor a mizí. Už si nezamávají. Rusli za chvíli sedne do letadla, co ho vezme k Azize. Kemala bere za volant a rozjíždí se do města, kde je Nur, ale také jeho žena, ta první. A s ní také jeho, i když rozháraná, rodina. Nemůže tedy říct, že je na to vše sám. Nur je na tom hůř. Ta je opravdu sama.

Kemalovo auto se konečně ocitlo na dálnici. Má zbytek dne volný, v práci ho nečekají. Měl by se radovat z volného času, ale zatím je bezradný kam se vydat. Doma není zrovna pohoda, z chování ženy i rodičů čiší nepochopení. A právem. Když už si vzal Nancy za druhou ženu, proč se musel rozvádět? Proč nezabránil rozvodu, proč všechno končí další ostudou? Ženu si tím neudobřil a kdoví, jestli mu to vůbec někdy odpustí. Myslel si, že zachránil rodinu, napřed svatbou a pak rozvodem, ale ta rodina je teď jako prasklá nádoba. Měl by odjet z Kuala Lumpuru, třeba na stáž do Singapuru, je tam pobočka jeho nakladatelství Dewan Bahasa. To by ale musel odmítnout to lákavé místo šéfa oddělení.

Náhle si uvědomil, že nejede do rodinného domku, ale do bytu k Nur. S ní by to všechno měl probrat, ale k ní přece již delší dobu nejezdí. Zastavil a zůstal v autě. Naštěstí je o několik ulic dál. Ví přece, že návrat k múze Nancy není možný. Bylo to vybočení z normálu. Sklouznutí z tóniny v melodii. Pěkný dvojhlas po dost dlouhou dobu, až najednou zazněl falešně.

V duchu se ale sám proti sobě bouří. Nebyla tam faleš, bylo to opravdové. Jinak by to tak nebolelo. A kde jsme teď my všichni, ti zúčastnění? Cítí se jako v transu. Exmanželka Nur je v místě, které opustil, kam není návratu, a kam ani nechce zpět. Múza Nancy je jen v jeho poezii. Mezi nimi se rozprostírá nekonečný oceán mlčení. Nepřekročitelný. Prý to, co se vrací, už není totéž, co bylo odneseno, odplaveno. Jak také může? Nadarmo se neříká „vzala to voda". I když se to vrátí, jen zdánlivě je to stejné, ale není. Proto to moře mlčení. A co se vrací zpět, také ne vždycky zůstává. Proč prahneme po stabilitě? Příroda taková není.

Kemala si uvědomil, že po dlouhé době našel opět schopnost myslet na dvou úrovních. Toho kdysi dosáhl pracným tréningem. Precizně, mechanicky na jedné; intuitivně, variabilně na druhé. A oběma způsoby najednou. Synchronizovaně. Prostě současně, jako při psaní básní. A to se vědomě naučil. Jen tak mohl psát svým stylem.

Co ho k Nancy během jejich seznamování tak přitahovalo, byla její přirozená schopnost pohybovat se mezi různorodou společností s neuvěřitelným pochopením a lehkostí. Kemala ví, že ta schopnost porozumění se nedá naučit. Je prostě dána multikulturní tradicí. Tak i u Nancy. Není to její zásluha, ta schopnost je jí dána jejím původem. Co ale je úžasné na tom všem, je Nancyna schopnost rozvinout to, co je jí dáno. To, co je v ní, jsou staré rituály ruské židovské babičky a amerického anglosaského dědečka. Jsou pochopitelně jiné než jeho, dané do vínku malajskými předky s arabsko-hinduistickým základem.

Zarazil se ve svých úvahách. Ale ty rozdíly přece nejsou tak velké, jak se zdají. Konec týdne je stejně důležitý v obou tradicích, těch monoteistických. Jen hinduismus z toho jaksi vypadl. Ale očista světlem u Židů podobně jako očista vodou u Muslimů je stejně důležitá u obou tradic a děje se masově po celém světě. Vlastně je to úžasná síla, ta tradice co přetrvává věky, udržuje se v křesťanství v postech a zpovědích. Přináší zklidnění, nutí k soustředění.

„Tak se přece soustřeď," říká si Kemala ve voze, ruce stále na volantě. „Co uděláš? Jdeš k Nancy nebo do rodinného kruhu?" Nakonec vystoupil, zamkl vůz a pomalu se rozešel k ulici, kde bydlí Nancy. Kolem bylo naprosté ticho. Okenice zavřené k odpolední siestě těch, co jsou doma. Nikde ani človíčka. Dokonce nevidí ani osamělého betjaka. Ušel kus cesty a začal se potit pod odpoledním sluncem. Váhal, měl by se vrátit a dojet před byt autem, ale sám věděl, že když to udělá a sedne znovu za volant, převládne v něm znovu s precizností realita situace a hněv vůči Nur, jak ho zmanipulovala až do sňatku, a pak k rozvodu. Měl malou šanci vůči její ženskosti, a to v obou případech.

Vinil ji, že rozbila ten křehký, nádherně vášnivý vztah z obav, že ho ztratí. Když to vypadalo na skandál, měla odjet. Mohli se setkávat kdekoliv na světě, v kteroukoliv dobu, pracovně i milostně. Dokonce, a o tom byl přesvědčen, i v tom malém bytě, kam teď míří. Ale jinak než dříve, kdy to bylo s bušícím srdcem a plný nápadů na nové verše. Vlastně se jen tak plouží a neví, kudy kam. Na jakou náhodu čeká? Na jaký pokyn?

Teď ji potkat, sevřít do náručí a už ji nepustit, by znamenalo utéct z Malajsie, spálit mosty. Ale jak může začít někde jinde, když jeho život je tady a téměř naplněný jeho dětmi a jeho poetickou tvorbou? Za tím vším udělat tečku prostě nechce. Proto také ten osudný krok nemohl udělat ani předtím, když Nancy chtěla, aby se rozvedl, a tak se rozvedla ona s ním po tom, co si vybojovala na něm manželství. Oženil se s Nur, aby zachránil, co mohl z minulosti. Jestli se s ní teď setká, pokusí se znovu o to, v čem neuspěl. Přesvědčí ji, že mohou pokračovat v tom pěkném vztahu, i když ona odjede. Nemůže si to vše nechat proklouznout mezi prsty. Nedovolí to.

Zrychlil krok, teď již odhodlaný k hovoru s Nur. Zvoní, klíč už dávno nemá. Nikdo se neozývá. Tak takhle to skončí? Kemala ví – neodhodlá se znovu sem přijet, a všude jinde při jiném setkání nedokáže vyslovit to nejdůležitější, čím by ji přesvědčil o svých citech. Je to marné. Nur není doma, nebo nechce otevřít. Tak jak sem před chvíli spěchal, tak teď stejně rychle odchází. Zpět do té tiché ulice, kde nechal stát auto.

Nasedl, ale nerozjel se domů. Mířil k trhu, kam s Nur chodívali. Jel pomalu kolem, téměř krokem. Třeba ji uvidí, jak se toulá mezi stánky, vybírá ovoce. Hledá očima tu známou tvář, postavu. Ale marně. Co by jí řekl? Aby ho vzala na milost, že vše, co mají mezi sebou, může pokračovat i na dálku?

Pomalu opouští trh, velkým okruhem se dostává k hlavní silnici. Blíží se zpátky k Nur, ale již nevystupuje, jen znovu zpomaluje tak, jako kolem trhu. Vyzývá náhodu. Marně. Již nechce riskovat a znovu zazvonit. Nechce opět čekat zbytečně na to ticho, co se k němu vrátilo místo odpovědi. Kdyby vystoupil z auta a znovu zazvonil, dal by se asi na útěk jako malý kluk, co zvoní na cizí zvonky.

Prudce se rozjel a dorazil ke křižovatce. Budiž tedy, na víc náhod už nečeká. Má to tak být. Kolik lidí kolem se uklidní. Už žádné skandály, domluvy, trapnosti, taktní mlčení. Ke komu se přidat, koho se stranit, koho vinit? Jede domů, do zavedené domácnosti se zajetými osvědčenými zvyky, které ho sice spoutávají, ale také mu dávají pocit bezpečí a vědomí, že vše bude odpuštěno, časem.

Při cestě domů Nancy ztrácí svou odhodlanou náladu spálit ty mosty ke Kemalovi. Začíná se jí zajídat, aby zrovna ona ustupovala, aby vyklízela pole. Již nejsou manželé, vše je dáno zpět do decentního stavu. Nemusí obětovat to, co svým úsilím dosáhla. Nemusí ustupovat a zbavit se možnosti obnovení smlouvy na fakultě, ani dokonce i spolupráce v překladatelské činnosti s nakladatelstvím. Třeba i s Kemalem, pokud bude chtít. Konečně jsou další možnosti. Nakladatelství si váží její expertizy. Má tu také byt a snad aspoň nějaké přátele. Při těch myšlenkách se sama sobě musí posmívat. Stačí na to počítání jedna ruka?

Dojíždí ke křižovatce, odkud to má jen kousek do bytu, kde na ni všechno volá Kemalovým jménem. Zastavily ji světla na křižovatce. Červená. Trvá, než si všimla Kemalova auta v protisměru. Je to jeho auto a poznává i Kemala za volantem. Určitě jede od ní, je to ta trasa. Srdce se jí rozbušilo. Všimne si jí? Uvidí její auto? Vrátí se?

Co se děje zrovna teď s ní, to už vůbec nechápe. Je tu ještě nějaká naděje že se oba, Kemala i ona, ke všemu konečně spolu postaví a pokusí se napravit, co vypadá tak beznadějně? Nebo opravdu pro ně dva není řešení? Ale proč by se to všechno, i s tím koncem a teď s tou křižovatkou vůbec stalo, kdyby to nemělo význam?

Musí to všechno mít nějaký smysl, tak jako sám život. Cosi k nim oběma promlouvá právě tím, co se stalo, ale oni dva jakoby tomu jazyku nerozuměli. Je zelená. Naskočila rychle. Oba proudy na silnici se rozjíždějí. Nancy neví, jestli si jí Kemala všiml. Konečně ani neví, jestli by se ještě vrátil, i kdyby ji poznal.

Betjak

Jednoho všedního rána vyjdu v čistých šatech před domek a rozhlédnu se kolem. Vidím Pak betjaka, jak projíždí zvolna naší ulicí a zpomaluje. Čeká evidentně na zavolání. Zvedám tedy ruku, mávám na něho. Přijíždí až před dům a rozvine se rozhovor, připomínající mně již známou hru. Nevím, že můj Pak, který se stará o mne doma, vše nepozorován sleduje.

Trošku si fandím, myslím, že již dobře znám pravidla hry, ale to je můj první omyl. Nevím totiž, zda Pak betjak je ten stejný, který tady byl včera, nebo zda je to jiný. Je-li to ten stejný, pak jsme vlastně již cenu za jízdu na stejné místo dohodli. Má první chyba je, že stále ještě nerozeznávám tváře, které se pravidelně objevují v mé ulici. A to tady nejsem zcela nová. Když lidé kolem mě berou na vědomí mou přítomnost a jsou víceméně obeznámeni s mým denním programem, proč je neberu na vědomí já?

Námitek je více, ale hlavní je, že je zatím nedokážu rozlišovat. Prostě si dobře nevšímám, jak vypadají, jak se chovají, jak mluví. Řeknu si, že to přece nepotřebuji, abych je dokázala rozpoznat. Ale pak jsem tedy definitivně v nevýhodě, protože potřebuji jejich služby a mohu se k nim chovat jinak, když dám najevo, že je poznávám. Rozhovor probíhá tedy mezi zákazníkem – mnou – a řidičem betji, který stojí o mé peníze.

„Jste volný?" říkám. „Záleží na tom, kam chcete jet." na to Pak betjak. „Do kratonu, nejkratší cestou." já na to. A dodávám, kolik chce. Natolik jsem přece jen opatrná. Řekne sumu a já smlouvám. Zatím vše postupuje k oboustranné spokojenosti. Přihazuji, protože chci, aby pro mě přijel po skončení přednášek. On ví, že je to pro něho výhodné. Zná okolí kratonu, je tam vždy dost betjaků, kteří čekají na zákazníky. Trošku se na sebe spiklenecky usmíváme. Já vím, ty víš. Odjíždíme.

Vracím se tedy v poledne se stejnou betjou domů. Můj Pak mě chválí a opatrně se vyptává, kolik jsem zaplatila. Navrhuje, abych se pokusila získat stálého betjaka, že lze usmlouvat cenu, a navíc je dobré vědět, s kým jedu a kdo přijíždí až k domu. Souhlasím a zamlouvám si jeho pomoc, kdyby to nějak nevycházelo. Dohodneme se, že zůstane v ústraní a objeví se jen tehdy, když mu dám znamení. Stalo se, ke spokojenosti nás tří.

Až později jsem se dozvěděla, že v tom všem byl ještě háček, ale nevadilo mi to. Bylo to míněno v dobrém, nikomu nebylo ublíženo. Nevěděla jsem totiž, že Pak betjak je dobrý známý mého Paka, a tak jsme vlastně pomáhali jeden druhému. Pověděl mi to jednoho večera na lavičce při kávě a cigaretě.

A tak začíná příběh jednoho Pak betjaka. Byl již můj na celou dobu pobytu v Yogyi, alespoň toho roku. Fakt je, že se mnou jezdil jen do kratonu na přednášky, protože tu vzdálenost a také čekání jsme měli domluvené – co se týkalo peněz, hodin a dnů. Jinak jsem se dopravovala na různá místa jinými způsoby. Buď jsem riskovala jiného betjaka, nebo autobus. Někdy jsem se svezla s jinými lidmi stejným betjakem, takže pro mě přijeli domů a jednání ohledně peněz zůstávalo na nich. Někdy, ale to velmi zřídka, jsem šla pěšky a vzápětí jsem toho litovala. Co mám povídat – vedro, prach, pot.

Z univerzity to bylo do města opravdu daleko. I když jen na okraj. Yogya je známá jako město mladých na skútrech. Ty jsou spolehlivé a rychlejší než kolo. Také bezpečnější a určitě elegantnější. Jezdí všichni – jeptišky v hábitech, děvčata v krátkých sukních, lektoři i nažehlení studenti. Jak to dělají, že mají košile tak bílé, každý den jako z cukru? Váhám mezi prádelnou a praním doma – ať již v pračce, nebo v neckách. V budovách kolejí to není tak jednoduché, doma to jde.

Můj betjak přijíždí ráno v osm, to již slunce pálí. Má na sobě tmavé triko a trenky. Tak se totiž může rozpoznat betjak profesionál, který jezdí dnes a denně, je to jeho jediná obživa. Občas naráží člověk na mladíka, který mluví spisovnou indonéštinou, na sobě má bílou košili a světlé kraťasy nebo džíny. Je to většinou student, který si přivydělává na studie. Je na tom ale podstatně hůře než ten profesionál, protože si nemůže vybírat ani výhodná místa, kde nejlépe získat pasažéra, ani kolik musí zaplatit tomu, za koho zaskakuje.

Za jízdy se toho moc nenamluví, takže se jen dohaduji a ani nevím, jak dalece jsem vzdálená skutečnosti. Pozdravíme se, teď už se na sebe usmíváme, vzájemná důvěra je definitivně nastolena.

Přijíždí vždy včas, bez zbytečných oklik mě doveze bezpečně do kratonu. Jezdí, aniž riskuje, a to je co říct při ranním a poledním shonu mezi všemi těmi skútry, koly, autobusy, a dokonce taxíky. Nevymáhá peníze navíc. Platím, až když dorazíme zpět k mému domku.

Můj Pak má ve zvyku na mě čekat před domkem. Jsem si jista, že to není potřeba, ale stejně mu nezapomenu vždy poděkovat, stejně jako betjakovi při placení. Občas mu dám něco málo navíc. Za to mě ale můj Pak plísní. Prý svého betjaka kazím. Takže přestávám s tuzéry. Slibuji si, že mu dám „třináctý plat", až tady budu končit. Stejně tak počítám s mým Pakem.

Také jsem to udělala, a až teprve tehdy jsem se dozvěděla příběh mého betjaka. Ten příběh mi nejprve připadal zcela nevšední, ale když si vybavím setkání s mnoha lidmi v Indonésii během mého ročního pobytu, tak betjakův příběh není vlastně ničím tak neobvyklým.

Fakta, která mám, jsou sporá. Můj Pak mně jenom řekl, že betjaka zná z jeho rodné vesnice, kam se každý víkend vrací za rodinou. Znám to místo. Je to na úpatí sopky Merapi, nedaleko poslední yogyakartské čtvrti. Vesnice je v kopcích, je tam chladněji než tady dole. Jmenuje se Kaliurang. Můj Pak tam jezdí na kole. „Kali" je v indonéštině „řeka" a „urang" má několik možných výkladů. Může to být jen fonetická změna pro slovo „orang", tedy člověk. Pak by se jméno dalo přeložit jako „řeka lidí". Nebo je „urang" část výrazu pro léčivou bylinu. Pak by se vesnice jmenovala „řeka bylin". Nepátrám více po významu, líbí se mi „řeka bylin".

Snažila jsem se hádat jeho jméno a dospěla jsem k závěru, že můj betjak definitivně není Ali, neboli „domácí sluha." Na to vystupuje příliš hrdě a samostatně. Můj Pak mi také řekl, že jeho známý chce vydělat tolik, aby si betju mohl koupit a nemusel ji najímat. To ale není vůbec jednoduché, když se stará o rodiče. S betjou začal jezdit v Jakartě, ale co starosta vymezil zóny, je těžké najít dost pasažérů. Také nájem betji je ve velkých městech neúměrně drahý. Tak se raději vrátil do Kaliurangu, kde se přece pár betjaků objeví. Zde má možnost získat pasažéra ke zpáteční cestě, odkud ho přivezl jiný betjak. Všichni se tu znají a tak nejde o rivalitu, vše se dá v klidu dohodnout, ne jako v Jakartě nebo Yogye, kde se z hádek vyvine někdy i postrkování.

Tady nemá moc šancí získat zákazníka na zpáteční cestu. Však už si to zkusil a málokdy se mu to podaří, když přiveze svou Nyonyu domů z kratonu. Tak trochu ho to mrzí, jako každý betjak nemá rád betju prázdnou. Ale přece jen svolil. Ta pravidelnost není k zahození. Všechno, co dostane od Nyonyi, dává stranou. Doma vypráví, co měla Nyonya na sobě a jak mluví indonésky. Žena si myslí, že si vymýšlí.

„No tak se přece zeptej Bapaka, on ti to potvrdí, až přijede domů na neděli; ten ti řekne, že Nyonya je tady sama, má muže kdesi daleko.“ To je přece jen trochu moc na celou Djokovu rodinu. Proč musí být tak dlouho a tak daleko od své rodiny, je předmětem mnoha hovorů. Marně Djoko připomíná svůj pobyt v Jakartě. „Ale to je pořád doma, ne kdesi v cizině.“ Mají pravdu.

Nyonya má prostě svůj cíl, jako mám já, říká si Djoko. Mám štěstí, ze mám alespoň jednoho stálého zákazníka. Ale musím také něco obětovat.

Také se mu vybavuje další důvod, proč by nechtěl, aby v Yogye byly jenom béma. Má docela rád své zákazníky, stálé i náhodné. Při nástupu i po odvozu, někdy dokonce i během cesty, když ještě není takový nával na ulicích, prohodí i pár slov s pasažérem, a tak si pasažér i betjak nepřipadají jako na kolotoči. „Kam, kolik, čekat, nebo přijet znovu?“ A další řeči jenom kolem práce. Ve špičkách to nejde, ani když prší. To zatahuje rychle střechu a plastikové postranní kryty, sám si přehazuje igelitovou pláštěnku a uhání jako divý. Zná z vyprávění svých známých různé události kolem nespokojených pasažérů, kteří promokli v betje a dostali dokonce zápal plic. Djoko si povzdechne. To by tak ještě scházelo, chodit smlouvat o odškodném.

Zná ale také betjaky, kteří riskují a nezdržují se s úpravou betji za deště. Dokonce vše odbudou žertem, když se pasažér domáhá vytažení střechy. „Ať si vezmou taxi, když jsou z cukru. Však ‚betjak‘ nebo ‚betjek‘ znamená také zablácený, tak ať si to přečtou ve slovníku, nafoukanci.“

V Jakartě často slyšel od některých betjaků volání „Betjak komplit" a sám si zahrával s myšlenkou, dát se na takovou věc. Jak rychle by našetřil peníze, kdyby našel prostředníka, který má spojení s děvčaty z ulice, domluvil se s pasáky, dohodl procenta. Byl ale svědkem několika nepříjemných výstupů a celou věc zavrhl. Nakonec se ani nemusel trápit přemýšlením, jestli má, nebo ne. Poměrně brzy potom se potřeboval přesunout do své rodné vesnice kvůli starým rodičům. Nelituje toho. Přece jen je rád, že vidí často ženu a děti.

Betjak komplit – to znamená čekat s betjou, kde již sedí prostitutka. Někdy je již vše předem domluveno a po chvíli přisedne zákazník, ale často se teprve zákazník hledá. To jsou pak určité ulice a předměstí, od kterých raději dál. Stačí takové ty malé nepříjemnosti, jako nabručený zákazník nebo ucpané ulice.

Ještě se mu honila v hlavě Jakarta, když dorazil na kole na své stanoviště. Má plánovanou večerní směnu. Pomalu se rozjíždí po své trase, zpomaluje kolem restaurací, kiosků a jídelen. Ještě je brzy. Ti, kdo jedí venku, teprve přijíždějí, vybírají si, objednávají. To ho spíše zastaví opožděný úředník, obchodník nebo matka s dětmi. Ale nic se neděje.

A přece. Tam na okraji chodníku na něho mává dvojice obtěžkaná nákupem. Je to odvoz domů, do dosti vzdálené čtvrti. Má být u večerního autobusu, snad to stihne. Dvojice ani moc nesmlouvá – chce být co nejdříve doma. Vědí také, že Pak betjak jen tak někoho v jejich části města nechytí na zpáteční cestu do centra. Djoko se rozjíždí, stále ještě myšlenkami jinde. Říká si, dopadne to dobře, vrátím se včas na své místo k nádraží. Přestanu myslet na Jakartu.

A dorazil, i když trochu opožděně. Má proto potíže zaparkovat betju na obvyklém místě. Je tu již autobus z Malangu. Jako vždy se vyhrnuly davy. Djoko není zrovna dravý, aby se vrhal na cestující, nechal betju jen tak stát, bral dokonce lidem zavazadla a vkládal je do betji, aniž by předem dohodl cenu. Někteří betjaci – většinou nováčci – se stále nedívají vpravo ani vlevo a hrnou se i tam, kde je málo místa, bez ohledu na bezpečnost.

Náhle ho zaujala scéna nedaleko od něho. Jeden z betjaků v širokém klobouku zakrývajícím velkou část jeho obličeje, pospíchal s taškou ke svému vozidlu. Za ním se prodírala upocená žena. Vrhla se za taškou do vozidla, ale domluva o ceně nedopadla dobře. Zákaznice se nechce dát, rezolutně vystupuje. Dělá ale chybu. Místo aby vzala do ruky tašku, a pak teprve vystoupila, nechává ji na pospas rychlým prstům, které obratně najdou další, tentokrát malou, kabelku.

Žena poodejde, najde jiný odvoz, nic netuší. Vše se odehraje tak rychle, že ti, kdo jsou velmi blízko a všimnou si, co se děje, nemají ani čas krádeži zabránit. Také je tu samozřejmě jedno dilema. Heslo, že na parťáka se nedonáší, je silně vžito. Riskovat bojkot nebo i něco horšího, si každý rozmyslí. Trochu ho to trápí, on sám by to neudělal. Ale naštěstí se tak často s podobnými případy nesetkává, alespoň ne zde v Yogye.

Až po delší době se stalo, že když pro mě Djoko přijel v naši smluvenou dobu, vypadal jinak než obvykle. Nechtěla jsem na něho civět, ale spolehlivě měl mírně oteklý nos a modré kolem oka. Tak dobře se s ním neznám, abych se vyptávala. Musel být někým napaden, pokud třeba neboxuje. Říkám si, že se večer zeptám mého Paka, až budeme pokuřovat před domem. Ale ani on nic nevěděl. Prý až o víkendu, až bude v Kaliurangu.

Pak byl ale trochu rozpačitý; slíbil, že o tom nebude mluvit. Stalo prý se něco, za co se Djoko stydí, protože mnohokrát slíbil své rodině, že se nebude vměšovat do záležitostí jiných betjaků, ale prostě to nevydržel. Naneštěstí se žádný jiný z přítomných nepřidal na jeho stranu. Stalo se to u nádraží, tentokrát u vlakového. Djoko tam přivezl k vlaku pasažéra, snažil se najít místo k zaparkování co nejblíže, ale to se mu nějak nepodařilo. Nakonec se domluvil, že zastaví o něco dál od hlavního vchodu. Vše proběhlo hladce, cestující vystoupil. Djoko si říkal, že tu počká na právě přijíždějící vlak. Třeba se chytí. Ale to neměl dělat. Jednak se vracel betjak, který tu zřejmě stabilně parkoval, a jeho pasažér se chystal vystoupit; jednak se stalo, že měl vlak zpoždění. O tom ale neměl Djoko ani potuchy.

Betjak, přijíždějící se svým pasažérem, se nějak moc nedohadoval, prostě zaparkoval těsně podél Djoka, který měl tím pádem přehled, co se děje. A to byla chyba. Pasažér měl dvě menší zavazadla. Jak zaplatil, popadl malý kufřík a překvapeně hledal batůžek. Nikde nic. Následoval vzrušený rozhovor. Pasažér byl v nevýhodě, neměl ještě jízdenku, nechtěl zmeškat svůj vlak.

„Kde mám batůžek, co se děje?“ „Měl jste jen jedno zavazadlo,“ říká betjak. Hlasy se zvedají, vypadá to špatně. „Kam jsi ho schoval? Kdo je s tebou domluvený?“, na to pasažér. Djoko je na ráně, stojí moc blízko. Ví, že jde o dvě zavazadla; ví, že batůžek je obratně předaný dalšímu betjakovi, který s novinami přes obličej předstírá, že spí. Chystá se také předstírat spánek, ale je pozdě.

Pasažér se dožaduje jeho pomoci. Musí potvrdit, že jde opravdu o dvě zavazadla, ale další krok již neudělá. Konečně i toto stačí. Betjak se vymlouvá, že kdovíkdo sáhl do betji, když pasažér vystoupil a platil s kufříkem v ruce. Rozčilený zákazník se již rozhodl oželet batůžek a raději spěchá, aby mu neujel vlak.

Teprve teď se betjak obořil na Djoka. „Máš to u mě, sketo!“, říká s obličejem těsně u Djoka. Také druhý betjak, namočený do krádeže, výhružně gestikuluje. Djoko odjíždí, jen co se trochu kolem něho uvolňuje dostatek místa na manipulování s betjou. Není mu zrovna do smíchu. Myslí na výhružky. Volil by raději rány než bojkot. A to se mu také splnilo zrovna tam, kde to nečekal, v těsné postranní uličce před pochybným losmenem, kousek od hlavní trasy.

Tak se přece jen potvrdilo mé tušení, že Pak Djoko je opravdu takový člověk, jak jsem si ho vysnila. Je mě ho trochu líto, že zůstává u zaměstnání, kde se nevyhne konfrontaci. Alespoň že zůstává v relativně menším městě. Jakarta pro něho určitě není. Stejně si myslím, že směřuje k cíli, který ale pro něho s jeho tolerancí, není ten nejlepší. Nechápu, proč mu to rodina nerozmluví. Já s tím ale nemůžu nic dělat. Každý o něčem sní. V případě Pak Djoka je to ale také otázka obživy. Jsou i jiná zaměstnání spojená s nebezpečím, ani to nemusí být tělesné napadení.

Nevím, jestli se někdy vrátím do univerzitního domku v Bulak Sumur v Yogyakartě. Najdu-li mého Paka, abych se dozvěděla, jako to dopadlo s Djokem. Mohu jen popřát hodně štěstí.

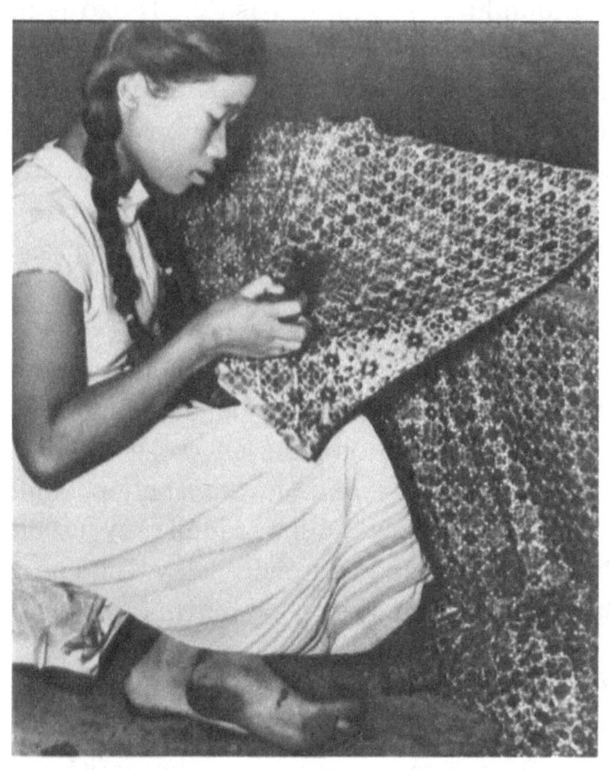

Batikářka

Co všechno se vybaví při domácích pracích, je téměř neskutečné. Někdo má ve zvyku pustit si rádio, někdo zpívá. Australanka Toni si v londýnském bytě vymyslí indonéskou večeři – k radosti svého muže – vždy, když žehlí jeho košile z batiky. Již ve dveřích nadechne Wellšan Russell známou vůni krupuku, sambalu a tjabe. Pak se mrkne na pohovku v obýváku a zasměje se. No jasně, je tam hromádka vyžehlených košil a halenek z batiky. Ta nostalgie!

„Myslíš na batikářku, viď?" poznamenal Russell. Toni natřepe polštářky na pohovce, také z batiky – jak jinak. Potahy jsou ze čtverců různých batik – zbytky starých košil, halenek, sarongů. Nakoupili jich při svých toulkách po Malajsii a Indonésii tolik, že jsou jako vzorky nejrůznějších typů batik téměř ze všech koutů indonéského souostroví a malajského poloostrova. Russell by byl asi zklamaný, pokud by ho mezi dveřmi vítala jen jedna vůně – ta známá směs vůně vosku a barev, tak neomylně visící ve vzduchu při žehlení batik. K jedné vůni patří prostě i ta druhá, tak to bere i jeho žena Toni.

„Ano, myslím na tu první koupenou batiku od podomní prodavačky," odpovídá Toni. Russell ji objímá kolem ramen. „Ale vždyť ani nevíš, jestli tu batiku dělala, že? Už jsme o tom mluvili, mohla ji koupit, nosit, a pak z mnoha důvodů – asi kvůli penězům – prodat. Měla přece na prodej i jiné věci, ne?"

Toni krčí rameny, říká, že to neumí vysvětlit. Ten javánský kus batiky, co ženy nosí na rameni uvázaný tak, aby do něj mohly posadit malé dítě, jí tenkrát tak učaroval, že za něj dala nehorázný obnos. Toni i prodavačka se na sebe jen podívaly a věděly své. Mezi oběma mladými ženami nemohl být větší rozdíl – fyzicky i sociálně – a tak při té koupi a prodeji cosi zablesklo. Toni se až po mnoha letech odhodlala k vysvětlení svých pocitů a rozvinula příběh batikářky. A to již měla za sebou mnohá smlouvání na trzích i nákupy batik v obchodech s pevnými cenami. Ale jen kolem té první byla nemizící aura – jakási záře, i když samotná batika bledla praním. A čím více ji prala, tím více samozřejmě bledla. Toni si ale nemohla pomoci.

„Má ale patinu, že? No, já vím, že už byla trochu opraná, když jsem ji koupila, ale představ si, jak byla asi praná v potoce kdesi na vesnici, sušená mezi banánovníky na zadním dvorku, kde se honily slepice a děti. To nejmenší z dětí zatím spalo jen tak někde v chládku v domku batikářky.“

Známá dílna na javánské batiky v Yogyakartě se postupně během let rozrostla na menší továrničku. Dokonce Winotosastrova rodina, co původní dílnu založila, se díky mladé generaci, která zůstala věrná výrobě batik, rozrostla natolik, že začala vyvážet do Německa. Modernizace zaručila nejen rychlejší výrobu, ale také nové variace vzorů, které se hodily i na oděvy, žádané v současném textilním průmyslu. Stále se nejvíce vyráběly sarongy, a to nejen ženské, ale i mužské. Zdejší kraton a různé divadelní a taneční skupiny si zakládaly na tradičních vzorech a barvách. Těm továrnička v místě z mnoha důvodů vyhovovala. Nač objednávat z Jakarty, že? Stará dílna měla málo zaměstnanců. Zato teď bylo třeba zaučovat další nejen k obsluze moderních strojů, ale také opravářů, a hlavně batikářek, které ručně batikovaly určité části látek, a dokonce i celé sarongy. Cena byla přiměřeně vysoká.

Původní dílna byla v postranní uličce kousek od ulice Malioboro. Ještě bylo příjemné chladno, když batikářka Inem dorazila před rozbřeskem do práce. Celé prostředí je prosycené zvláštní vůní barev a vosku, oleje a páry z vroucí vody v kotlích i vůní matricí (razítek s různými batikovými vzory), nasazovaných jak do strojů, tak do žehliček. Kotle jsou na dvoře krytém stříškou, stroje v části dílny, kde je přítmí a věčný rachot spuštěných přístrojů. Batikářka zůstává v prostornější, světlejší části dílny, kde sedí skupinka žen, co ručně batikuje.

Trochu se opozdila. Nestává se to často. Ví, že má v termínu dokončit práci na několika kusech, které již prošly rukama jiných. Jak je dobarví, zbývá již jen několik posledních úprav, kontrola a balírna. Sedá si ke svému rámu, chystá své nářadí. Dostala tu práci díky své matce, zkušené batikářce, která ještě stále pracuje, ale již jen doma a pomalu. Inem jí nosí z dílny domů jen specielní zakázky. Matka ji naučila ručně batikovat, a tak dcera pokračuje v tradici. Stejně tak jako mladší dcera Winotosastrových teď vede dílnu. Jsou stejně staré a každá na jiném konci výroby. Obě vyrostly zde v Yogye.

Jedna o druhé toho moc neví. Jejich životy se prolínají jen kolem batik v pracovních chvílích. Je mezi nimi respekt, vlastně také založený na tradici, a to tradici rodinné. Obě se postupem času vypracovaly na zodpovědné místo, obě jsou odbornice. Tam to začíná, ale také končí. Ledacos se po dílně povídá. Co také jiného – den co den ve stejném kolektivu, a den je dlouhý. Je to tu hlavně ženská záležitost, kromě těžších prací kolem kotle, údržby a v expedici. Nedávno dokonce přibyly i švadleny, tam kde mají Winotosastrovi obchůdek do ulice. Ale s nimi se vlastně ani nezná.

Zvoní. Je přestávka na pití, jídlo, prostě oddech. Může i odskočit ven z dílny, když bude spěchat. Ale rozmyslí si to. Jen si narovná záda. Jde do malé kantýny na čaj a ovoce. Tady už postává několik dělníků a dělnic.

Kretky voní, ale nikdo se neodvažuje žvýkat betel. Však to sem také nepatří, nejsou na trhu. Je tu jen jedna postarší žena, která by si ráda do pusy betel dala. Musela by ale vyjít z dílny do postranní uličky, kde teď právě začíná pražit slunce, a tak bere zavděk cigaretu, kterou jí kdosi nabídl. Nebyla to Inem, ta nekouří ani nežvýká. Matka Inem je sváteční žvýkač; když přijde návštěva, připraví betelovou soupravu i s překrásným plivátkem. Když byla Inem malá, chtěla do starostříbrného plivátka, které jí připomínalo vázu, dát květiny. To se nasmály!

Tomy´s Silver, stříbrotepecká dílna kousek od Yogyi, kde pracoval otec Inem a po čase i oba její bratři, je vyhlášená široko daleko i za hranicemi. Z dílny vychází překrásné „černé" stříbro s neomylně yogyartskými vzory. Betelové soupravy, popelníky, misky na ovoce, a vázy působí esteticky, stejně jako filigrán z bílého stříbra, vyhrazený pro malé věci. Vliv kratonu je patrný pro toho, kdo je schopen vidět souvislosti vzorů na stříbře a batice.

Rodina Inem bydlí stále v malém domě v blízkosti kratonu, i když za zdí. Prarodiče pracovali v kratonu. Rodiče Inem již našli obživu mimo, přesto však zůstali u tradice rodinných řemesel. Otec u Tomyho jako obratný stříbrotepec, matka u Winotosastrů v dílně na batiky. Oba byli zkušení řemeslníci s vyvinutým smyslem pro krásu svých výrobků. V hlavě oba měli nespočetné typy vzorů pro stříbrné i batikové výrobky. Z jejich rukou vycházely nejen technicky dokonalé věci, ale především zaujaly svou elegancí. Asi jako když se člověk podívá na obraz, sochu, masku. Estetika umění byla neomylným rysem jejich výrobků. To se přeneslo i na jejich děti, hlavně na Inem. A kraton stále s rodinou Inem udržoval pracovní i sociální styky. Reference z kratonu zajistila práci u Tomyho otci i bratrům.

Winotosastrova rodina se již také existenčně odpoutala od kratonu, ale původní vztahy pochopitelně sehrály značnou roli v rodinném podnikání. Jejich aristokratické postavení jim přinášelo výhody, ale také povinnosti, které rodina plnila po generace. Několik mužských členů rodiny padlo v osvobozovacích bojích proti holandské armádě. Stalo se to zrovna tady v Yogye při obraně města a kratonu během pohnutých let 1945-1950. Ženy v rodině pomáhaly založit umělecká družstva – počátky moderního poválečného umění v nové republice. A sultán byl u kolébky první indonéské univerzity Gajah Mada, dodnes vyhlášené kvalitou humanitních oborů, javanologie, hudebního vzdělání – a to vše přednášené indonésky.

Jedna z dcer Winotosastrovi rodiny, Sundari, se po pár letech vzdělávání v Evropě vrhla střemhlav do modernizace batikové továrničky, zatímco další sourozenci našli jiná uplatnění. Počítalo se ale s tím, že jeden z bratrů se přece jen časem ujme vedení továrničky.

Sundari byla zatím ve svém živlu. Oplývala nápady a energií, uměla to s lidmi, měla umělecké sklony. Její návrhy byly překvapivě působivé a přitom i snadno proveditelné. Často se radila s Inem – svou nejlepší mladou batikářkou – o praktickém provedení nových vzorů i o možnostech úprav starých. Když daly obě hlavy dohromady u Sundařina stolu v dílně, ostatní zaměstnanci se významně usmívali. Něco nového se chystá. Byli i tací, kteří neschvalovali vrstevnické chování obou mladých žen. Také se povídalo o zatím neprovdané Sundari a o Inem sice s malým synkem, ale bez muže.

Na pracovním stole Sundari leží pohlednice. „Bratr tě zdraví, vypadá to, že přijede na pár dní z Evropy, Inem." Pohlednice se ocitla v rukou Inem. Dívá se na zelený park obklopený vysokými domy. Nebyla nikdy mimo Jávu, ale zná Jakartu. Domy na fotce jsou jiné, mají římsy a sloupoví, ve střeše okna, za nimi mansardy. V jedné takové bydlí asi Win, bratr Sundari.

„Přečti si, co píše, ptá se po malém. Chce přivézt něco pro vás oba. Co tomu říkáš?" Inem má radost, ale v duši stálý smutek. Copak to nikdy nepřebolí? Pohledy obou mladých žen se opět střetnou. Sundari objímá Inem kolem ramen. „No tak, však víš. Neztrácej naději, najde se cesta. Jenom jestli obě naše rodiny přestanou dbát více na tradice než na své děti a vnuky."

Inem se narovná, zvedne bradu. „Já Wina už nechci. Na copak bych ho potřebovala? Naši se smířili s vnukem bez otce, v kratonu se tváří, že se nic nestalo. Malý je zatím spokojený s dědou a strýcem, všichni ho rozmazlují." Skoro se zadýchala, jak to ze sebe všechno vyklopila.

Sundari se usmívá s porozuměním. Vždyť Inem zná. Je hrdá. Jen tak Winovi neodpustí tu slabost, tu opatrnost, tu úctu k rodičům, kteří chtějí úplně jinou snachu. Ale vnuka, toho by brali! A Win se podřídil. Proto je také tak dlouho v Evropě, doufá, že se vše samo vyřeší.

„Win si asi stejně našel tam v té cizině někoho jiného, kdo ho potěší. To mně ty, Sundari, jen tak neřekneš, že? Proč se Win víc nesnaží? Neodpověděla jsem na první dopis, proč mi neposlal druhý?"

Inem si upraví pramínek vlasů, který jí padá do čela, a bere si ze Sundařina stolu malou složku výkresů nového vzoru. Je zvědavá, jak bude vypadat v prvním provedení. Už se těší, má ráda nové věci, je již předem plná elánu. Náhle jako by pro ni nic jiného neexistovalo. V tom jsou Sundari i ona úplně stejné. Někdy jí jen tak letmo napadne, že ji má ráda jako sestru. Ale vzápětí se zastydí, vždyť ví, že se do rodiny k Winotosastrům nelze přivdat. Proto také po odchodu z kanceláře po ní zůstal na stole ten pohled.

Inem si povzdechne. Ví, že by jí Sundari pomohla, ale kdo se musí vzchopit, je Win. Zapomněla se podívat, zda je na pohlednici datum Winova příletu. Stejně se asi zdrží napřed v Jakartě, než dorazí sem do Yogyi. Malému je teď rok, Win ho ještě neviděl, protože odjel dříve, než se jeho dítě narodilo. Jak se ten život zamotal.

Inem usedá na své místo v dílně. Prohlíží znovu výkresy na nový batikový vzor. Ano, Sundari je úžasná, je to tradiční a přitom něco úplně nového. Indigo bude mít v tomto provedení fantastické odstíny, hlavně v těch tenounkých, jakoby pavučinových čárkách, které se táhnou z hlavních center vzoru, tam, kde barva nepravidelně prosakuje do podkladu látky. A bude to úplně jiné na různých typech látky, od nejjemnější až po nejhrubší, od mušelínu přes batist po kaliko.

Sundari už delší dobu odvážně překlenuje rozdíl mezi vžitým používáním vzorů aristokraty a obyčejnými lidmi. Teď ještě přežívá město a venkov, ale i ta představa, co se sluší a co ne, se mění. Je to teď hlavně rozdíl v typech látky na sarong. Móda vlastně převažuje.

Inem odkládá výkresy. Chystá se k dokončení zbývajících zakázek. Věří, že je dnes odevzdá. Soustřeďuje se na práci, začíná si prozpěvovat. Kdosi se k ní přidává. Čas rychle běží. Ano, přece jenom to zvládne, končí tu poslední zakázku a napadá ji jako vždy, kdo batiky koupí, kdo je bude nosit. Kde se asi ocitnou. Napřed ve skladech, pak v textilních továrnách, nebo módních salonech? Zůstanou v Yogye, nebo alespoň na Jávě? Nebo to bude úplně jinak?

Inem často pracuje na specielních batikách, ale to jí Sundari předem řekne, že jde o vzorek. Na těch záleží snad nejvíce. Mají své poslání. Reprezentují a zajišťují nové zakázky Winotosastrově firmě. To není případ těch dnešních kousků, které zrovna dokončuje. Kde se ty ocitnou, a hlavně kde spočinou? Většinou na trhu v hromádce již obnošených, opraných batik, kde je se smlouváním koupí podomní obchodníci.

Inem zná smutné příběhy bývalých batikářek, které již nevidí na práci, ale rozumí batikám a také umí výhodně koupit na venkovských trzích nové i staré batiky na podomní prodej. Pak se s uzlem naplněným batikami vydají na celodenní cesty po městských čtvrtích, občas se v uzlu najdou i jiné věci na prodej, třeba dřevořezby nebo stříbrné drobnosti.

Inem vídává po ulicích Yogyi na spoustě cizinců batikované košile a šaty. Pozná také úplně neomylně vzory, odkud vyšly. Taková batika z Yogyi se třeba dostane od podomní prodavačky až do Evropy nebo do Ameriky. Tam také skončí, na své pouti od prvního kupce po posledního.

Inem si často říká, že je to jako s láskou. Když má taková batika štěstí, tak zůstane u jedné osoby, která ji používá a opatruje. Nebo ji daruje, anebo ji předá dceři či vnučce. Prostě zůstane v rodině. Když ale dolehne na majitelku batiky tíseň, musí ji prodat, i když ji má ráda. Pak se stanou s batikou nejrůznější změny, někdy k lepšímu, někdy k horšímu.

Inem znovu myslí na své a Winovo dítě. Je ráda, že ve svém zmatku nešla k dukunovi. Ty čáry, ty bylinky. Kdo ví, co by se ještě nestalo. A má jako podporu svou matku, ta jí pomáhá, nevyhnala ji z domu, jak se Inem obávala. Už se nemusí trýznit představou, že jediný způsob, jak uniknout ostudě, je odejít z Yogyi. To by se z ní stala asi taky podomní obchodnice. Jenže kromě batik na prodej by navíc měla v sarongu dítě. Jak také jinak? Kdo by dítě hlídal? Do batikové továrny se děti brát nedají, na hlídání by peníze asi neměla. A pak by asi již nikdy neuviděla Wina. Mosty spálené.

„Končíme, Inem, pojď se mnou, jak to tady sbalíš. Chce tě vidět matka." Štíhlá postava Sundari se objevila před Inem. Udivený obličej Inem ji nepřekvapuje. Vždyť spolu již dnes mluvily, proč to Sundari neřekla v kanceláři? „Ale vždyť víš, že spěchám, čekají mě doma hned po práci," namítá Inem.

„Prosím tě, pojď. Vezmu tě pak domů autem. Je to důležité. Také jde ještě mimo jiné o nějaké změny v poslední zakázce, na které pracuje tvoje máti.“ Strká ji ke dveřím, k těm zadním, kterými se jde do prvního patra, do bytu Winotosastrových. Tak.

No dobře, myslí si Inem. Vede mě jako na popravu, ještě že mě nedá železka. „O co tedy jde, když už je to tak důležité?“ „Ne tady.“ Sundari se významně dívá kolem na překvapené batikářky, které stojí nejblíže k Inem. Takhle ještě obě mladé ženy pohromadě neviděly, v tak úzkém kontaktu, tak důvěrné. Pokud jde o práci, to je něco jiného.

Zvědavě se dívají, jak Sundari s Inem odchází, staré dohady o vztazích mezi oběma mladými ženami dostávají další impulz. Cesta po schodech je tak neuvěřitelně dlouhá. O co vlastně jde, proč se má setkat s Winovou matkou? Asi nějaký vzkaz.

Winova matka stojí u okna, v ruce známý pohled. Slyší obě mladé ženy vejít do pokoje. Obrací se k nim. Má úzký obličej. Win je jí podobný. Ani jejich dítě nezapře, ke komu patří. Zvláště pokud by všichni tři byli vedle sebe.

Paní Winotosastrová se tváří vážně. Tak proč nic neříká? Co se děje? Inem se již neovládne: „Win – je v pořádku?“, vydechne úzkostně. Myšlenky se jí honí hlavou – zřítilo se letadlo? Ale to by ji nedali Winotosastrovi vědět takhle; ne, to jistě ne.

Matka Sundari se konečně ujme slova. „Ale nestraš, nemaluj čerta na zeď. Chci tě jen pozvat i s tvým synkem k nám na nedělní odpoledne. Win vás chce oba pozdravit. Tak co, přijdete? Je to příští neděli.“

Inem se zatajil dech. Všechno se kolem ní točí. Je to možné? Že by Win dokázal prolomit ledy? A proč se jí nezeptal předem? „Inem, slyšíš mě? Win je v pořádku, na cestě do Jakarty. Přiletí v sobotu. Byl vždycky rychlý v rozhodnutích. Chce vás oba vidět co nejdříve. Tak co, uvidíme vás tady u nás oba?“

Cestou domů si Inem znovu promítá celou scénu v pokoji Winovy matky. Je to možné? Ani se neodvažuje domyslet, co to všechno znamená. Řekla ano. Svou hrdost potlačila. Do čeho se ale žene? Co když ji celá rodina bude přesvědčovat, aby jim dala synka? Oči se jí tou představou kalí. Již se nedokáže přimět k mlčení.

„Co se děje, Sundari?" V jejím hlase je tolik úzkosti, tolik naléhavé prosby. „Nebuď bláhová, prostě se Win rozhodl bojovat o tebe i své dítě. Však mu to taky trvalo, že? A protože je to on, nedal ti nic vědět, dokud si nebyl jistý, zda uspěje u matky. Ale zároveň je natolik diplomat, že hledá způsob, jak vše zařídit, aby se žádné z vás nedotkl. U nás v domě je neutrální půda pro všechny."

Z domku do dvora vychází Inina matka. Poznala auto a vítá je. „Kávu?" „Ne, díky. Až jindy." Sundari podává oknem auta malý balíček. „Od matky, to slíbené na poslední batiku. Tak zatím." Auto se opět rozjíždí.

Inem spěchá dovnitř, sklání se nad spícím synem. Má soustředěný výraz, i když spí. Má vůbec něco po mně? říká si Inem. Matka ji sleduje vědoucím zrakem. Však Inem řekne, o co jde. Potřebuje čas.

„Win mě chce vidět i s malým, u nich." Zaváhá. „Proč se neozval přímo mně?" Inem se konečně posadí čelem k matce. Ta se jen usmívá. Usmívá se krásně. Inem na její tvář prozářenou úsměvem snad nikdy nezapomene. Celý obličej je jeden velký úsměv. Stejně tak se matce změní celý obličej smutkem. Inem vztáhne ruku a něžně pohladí konečky prstů matčin obličej. Já vím, říká si v duchu. Znáš mě tak dobře, mami.

„Už o tom nebudu přemýšlet. Malého jsem si nechala, s ostudou přivedla na svět, vychováváme ho v naší rodině. Win od všeho utekl. Leží mně to stále na duši."

„Ty jemu asi taky. Dospěl k rozhodnutí a dělá první kroky; chce, aby jeho rodina otevřela náruč vám oběma, vlastně vám třem. A celá rodina, nejen Sundari.", říká matka Inem.

Z Yogyi odlétá Garuda, Inem je jako ve snu. Se synkem v náručí mává Winovi, svému novomanželovi. Vrací se na půl roku do Německa.

Win, pohodlně usazený v letadle, ještě plný prožitků z posledních několika týdnů v Yogye, kdy se jeho život tak úžasně změnil. Vidí náhle zcela jasně ten vzorek batiky, který veze s sebou v kufříku. Inem má na jeho zrodu a dokončení velký podíl. Konečně se všichni tři – on, Inem a jejich synek setkali a vydali na společnou cestu životem. Winův odlet je nezbytný, ale na věci nic nezmění.

S dočasným návratem domů z Německa Win nastoupil novou životní dráhu. Jakou roli v tom sehrála batika? Tak, jak prolíná barva látkou hotové batiky, od jemných odstínů po sytou barvu vzoru, jeví se Winovi jeho vztah k Inem. Vždycky ho fascinovala její schopnost převést do reality nápady a oživit jen naznačené představy nových vzorů. Kus plátna, jako prázdný kanvas malíře čeká na první tahy štětce. Co všechno předchází, než se hotová batika dostane až kolem boků žen ve formě sarongu, je jako zázrak na konci putování. Win si připadá jako vyvolený, že se může na tom uskutečňování podílet.

Co se všechno navrší od nastoupení této složité cesty až po její ukončení? Úsměv přelétl jeho obličej. Má teď na mysli batiky, nebo svůj život? On sám i jeho rodina nastoupili podobnou cestu jako batika v jeho zavazadle. Když Inem svými dlouhými velmi jemnými prsty uchopila canting – malý bambus tenký jako špejle, ukončený malou měděnou nádobkou s jemným hrotem – aby nanesla první barvu na vzor batiky, již věděla, jak je zvláště tento vzorek důležitý. Že otevírá nové obchodní styky pro Winotosastrovu výrobu batik. Nemohla ale tušit, že se Win vymanil ze své spleti úvah a konečně se rozhodl k tak závažnému kroku. Věděl, že musí riskovat všechno, chce-li dosáhnout toho, po čem prahne.

Více než cokoliv jiného chce založit rodinu. Chce Inem a svého synka, i kdyby ho tento krok stál jeho nynější vztahy s matkou či jeho postavení v rodinném podnikání. A někde hluboko se také ozýval červ pochybnosti. Vezme ho Inem na milost? Ať tak či onak, ten krok musel udělat, stejně jako batikářka musela nanést první barvu cantingem.

A stalo se. Ty mlhavé obrysy, ty neurčité myšlenky, to váhání bylo za ním. Jeho cesta neskončila v rokli beznaděje, jeho sen se splnil. Toho půl roku v Německu to vydrží. Konečně, co to je proti celému životu, který se před ním otvírá? Win zavírá oči a poddává se spánku.

Nový život se před ním otevře až po návratu z Německa. Bude tak pestrý, tak rozmanitý. Znovu se mu vybavila batika. Ta pestrost vzorů a barev ze všech koutů Indonésie. Z těch krajů, kde se batikuje, tak jako se v jiných částech zase přede. Ty regionální znaky jsou jako značky dobrých vín. Dnes jsou také v cizině lidé, kteří vědí, odkud který batikový vzor pochází. Sumatra nebo Jáva, a dokonce mnohem přesněji. Vzor ze střední Jávy je snad nejznámější. Také ale dost lidí rozezná květinové motivy z Pacifiku nebo z Afriky a barvy vzorů z kontinentální jihovýchodní Asie.

Win se pokouší zachovat alespoň některé tradiční yogyakartské vzory. Pro ně se najde uplatnění, ale v omezeném množství. Sundari s Inem se pokouší o modernizaci. Jak to všechno dopadne, je teď na něm, na Winovi. Tak jako jeho manželství. Do Yogyi se vrátí, ale nový druh ukázkové batiky zůstane v Německu. Snad brzy přijdou objednávky, rozjede se výroba a s ní expedice. Lodě, letadla, vlaky, kontejnery v přístavech.

Jak se svět změnil. Batika – kdysi výhradou jen jedné části světa – pronikla téměř všude. Je to dobré, nebo znehodnocení? Za zlomek času se přesouvá batika v neuvěřitelném množství z jednoho konce světa na druhý. Košile mužů a šaty žen, vyráběné z batik, v klimatu úplně odlišném od tropické Indonésie. Dříve ten, co měl na sobě část oděvu z batiky, budil pozornost. Byla to zvláštnost. Odlišovala ho od ostatních. Dnes se batika stala součástí běžné módy.

Má Winotosastrova batikárna jít s proudem masovosti, nebo se držet tradice? Win se vymkl z tradice svým úspěšným bojem o Inem. Jejich synek je sice narozený mimo manželství, ale přeci jen patří legálně k Winotosastrům. Vše je potvrzeno sňatkem. Co bude dál? Bude jeho synek chtít udržet batikárnu? Udrží ji vůbec? A v jakém stavu? Cosi mu říká, že zde by tradice lámat neměl. Však se také snaží hledat cestu k pomalejší modernizaci. A nejde jen o techniku.

Nový život se před ním otevře až po konečném návratu domů z Německa. Zatím se vše daří. Win upadá do spánku. Nezdá se mu nic. Vše, co chtěl, se stalo realitou.

Plantážník Joe

Odpolední siesta pomalu končí. Horko polevuje, zvedá se mírný vítr, banánovníky šustí. Josef váhavě vstává z houpací sítě na verandě rozlehlého domu uprostřed rozsáhlého pozemku, obklíčeného džunglí. Co se mu to jenom zdálo? Bylo mu v tom snu moc dobře. Obklopovaly ho jemné pastelové barvy, vlahé teplo vlídného slunečního odpoledne. Byl doma, určitě byl doma, na zahradě rodinného domku v Otrokovicích, zlínské čtvrti jeho mládí. A smál se, ano, smál se – v tom úžasném snu.

Snaží se tu pokojnou náladu co nejdéle udržet, ale je to těžké zde – uprostřed indonéské džungle. Uvnitř domu za jeho zády se ozývají hlasy. Za chvíli zavoní káva a aroma nakrájeného tropického ovoce. Černá káva s papajou – neuvěřitelná chuť – propadl té kombinaci. A má přijet doktor Busono, jeho dlouholetý přítel. Snad se zdrží přes noc. Už se těší na ten večer, ale teď je na řadě sprcha.

Prudké proudy vody bičují jeho unavené tělo. Musí si promluvit s Busonem, co s ním vlastně je. Snad již bude vědět, jak dopadly testy. Vlastně měl až doteď „z pekla štěstí". Žádné problémy se srdcem – vždycky si myslel, že to je to hlavní – až když začal špatně spát a bůhví proč se bezdůvodně potit. Pochopitelně, že hledá odpověď, a tak podstoupil ty testy. Udělal, co bylo třeba, jako vždy. Povzdechl si a vyhnul se pověrčivě pohledu do zrcadla při utírání. Však vím, jak teď vypadám, jsem starý chlap a nevím, jak dál.

Měl by jet domů? Poprvé a naposledy? Ale proč si připomínat staré časy? Vždy ho pobuřovali ti, co se v tom patlali, v té staré historii. Žít se má pro dnešek. Jasně, tady jsem plantážník Joe, specialista na gumovníky. Není to tak vzdálené mému mládí. Dílenský mistr z obuvnických závodů v Gottwaldově by měl ze mě radost. Hlídám kvalitu. No, ten to do nás vtloukal, a měl pořád na jazyku starého Baťu.

Konečně Joe sedá do Roveru. Potřebuje se domluvit se svým předákem plantáže. Budou muset zrušit určité úseky a vysadit nové mladé gumovníky. Po chvíli zastavuje před obytnou částí domu ve starém holandském stylu. Pohlédl na hodinky – je tu včas. Dveře jeho auta se otevřely současně s dveřmi domu. Pieter vyšel se složkou písemností. Rozhovor netrvá dlouho. Je poznat, že má vše promyšlené a zdokumentované. Prima! Holanďani jsou chlapíci, je na ně spoleh. Pokud by to bylo nutné, jemu by svěřil plantáž i na delší dobu. A on by asi souhlasil. Je ambiciózní a mladý. Joe si opět povzdechl.

Při zpáteční jízdě se snažil dostat znovu do té nadnesené nálady po odpolední siestě, ale marně. Už je to neodvratně pryč. Na tak důvěrně známé cestě, po které jezdí už tolik let, se prodlužují stíny. Za chvíli padne tma. A to je teprve pět hodin. Pořád ho to překvapuje, ty rovníkové neuvěřitelně krátké dny. Má to své výhody. S prací se končí brzy, začíná se při kuropění. Ale vstávat se nechce. Je chladno a krásně se spí.

Nedal zavést klimatizaci. Dům postavil jako ostřílení Evropané, Holanďani, Francouzi, Briti – no, kolonisté. Velké vzdušné místnosti, stropy vysoko, minimálně oken, a plno přirozených ventilací těsně u stropu a u podlahy. Dlaždičky na podlahách uvnitř domu, dřevo na terasách chráněných převisy. Tak se staví po celé jihovýchodní Asii a v Pacifiku. Dokonce i v Austrálii viděl překrásné „Queenslandry", většinou na kůlech proti hadům a záplavám. Nechápe, jak zdejší venkované, a o těch chudých v městských slamech ani nemluvě, můžou spát v chatrčích s rohožemi místo stěn. Ale pořád lepší než vlhké stěny zděných domků bez ventilace i stropního větrání.

Dojel domů. S úlevou vystupuje z auta, složku s papíry od Pietera pod paží. Dříve takhle neváhal, cosi mu brání v rychlém rozhodování. Zítra se na to podívá. To, co se teď s ním děje, ho rozhodilo víc, než si chce připustit. A nechce se mu o tom mluvit. S nikým! Snad s Busonem. Uvidí!

„Jeď domů, jo?" říká Busono při pozdní večeři. Jeho tmavé oči se soustředěně dívají do jeho. „Uvidíš, jak ti to zvedne náladu. Třeba si ani neuvědomuješ, jak ses změnil. Jsi stále zadumaný, kdesi úplně jinde. A to jsem s tebou zatím jen pár hodin. Musím říct, že už při poslední návštěvě bylo jasné, že cosi v sobě řešíš. Tak o co jde?" Busonův naléhavý tón ho překvapil. Jak mu má odpovědět? Vždyť se sám v sobě nevyzná. „Vždyť víš, byl jsem na testech, něco s krví. Myslíš, že bys mohl zjistit něco víc? Prostě, co s tím?"

Přesunuli se na verandu. Busono se usazuje na své oblíbené místo, pěkně čelem ke vzdálené džungli, kterou již teď v pozdní hodině vlastně jen tuší. Ale když se zaposlouchají do poklidného šelestění zahrady tak blízko u domu, vycítí spíš, než uslyší, signály života džungle. Joe si zvykl na ten tušený život džungle za bariérou své zahrady. Dnes poprvé prohodí to, co ho již dříve zaujalo.

„Sedáš si pokaždé čelem k džungli, i když si musíš přemístit židli. Víš o tom? Já dám také přednost viditelnému možnému nebezpečí před jen zdánlivým bezpečím. Vlastně ten pocit mě provází celý život. Ty jsi přece z venkova, musíš tomu rozumět."

Dlouhá pomlka, co nastala, ho překvapila. Busono si zapaluje hřebíčkovou cigaretu Kretku a konečně navazuje na přerušený rozhovor. „Narodil jsem se na předměstí a vyrůstal spíš v prachu úzkých uliček, dokud jsem neodešel na univerzitu. Takže džungle je pro mě vzdálený pojem. A začátky mé lékařské kariéry jsem protrpěl zase ve městě. Málem jsem z té kliniky utekl. Bylo to depresivní. No, zůstal jsem tam dokonce i po tom, když jsem již mohl odejít. To ostatní znáš. Potkal jsem moji ženu, zakotvil ve větším městě a získal stáž na epidemiologii v Československu. A tak jsme se my dva poznali. A bez toho by chyběla možnost toho, co nastalo dál. Ty bys mě nikdy nezavedl do domu nedaleko džungle."

„Trochu to trvalo, než k dalšímu setkání došlo. Tenkrát mě jen překvapilo, jak suverénně mluvíš česky. Recepce Obchodního zastupitelství v Praze! Jak nás mohlo napadnout, za jaké situace se opět setkáme, a já se proměním v plantážníka. Zajímavá metamorfóza, že? Ze zástupce obuvnické firmy Botana, Gottwaldov."

Busono na něj opět vrhl ten zpytavý pohled. „Mám na mysli jiné metamorfózy, tak to nezamlouvej."

„No dobře, dobře, zůstaneš tu přes noc, viď? Přece si nenecháš ujít ten nádherný spánek v domě blízko džungle!"

„Takže ty mě tady zase necháš přespat, mě – indonéského levičáka s podezřelým pobytem v socialistickém státě. A to se ani nestydíš, ty politický emigrante?"

Verandou burácí smích obou mužů. Je to vlastně absurdní situace. Nebýt Busona, těžko by tady začínal v tak zcela jiném postavení. A nebýt jeho emigrace, Busono by se jen tak nezbavil podezření Suhartovy vlády z podvratné činnosti proti Indonéské republice, teď zapojené v západní alianci.

„Díky, zůstanu. Tu proměnlivou náladu necháme dnes být. Na testy se poptám. Takhle se podívat na Pražské jaro, co? To by nebylo k zahození. Dva muži v nejlepších letech procházející se v Praze, nebo ve Zlíně. A co Pálava? Na tu mám pěkné vzpomínky."

„Co? Neříkej, že jsi byl ve sklípcích, ty abstinente!"Joe se nemůže ubránit pocitu, že si Busono vymýšlí. Chce udržet tu dobrou náladu, co mezi nimi nastala. Tak dobře se znají. Minulost a současnost se prolínají. Ty chvíle vzájemného porozumění stále trvají. S ním by možná do Republiky jel. Ne aby u piva rozebíral minulost se starými známými, ale aby se prošel po místech, kde se narodil, vyrůstal, prožil důležitou část svého života a pak to všechno opustil. Díval by se i očima Busona, a tak by to bylo přece jen jiné, než kdyby byl sám, i když se vlastně vrací bez Olgy, tedy sám.

V nastalém tichu jsou slyšet jen cikády. Veranda se téměř houpe v nekonečném prostoru noci a tisíce světlušek tvoří ochrannou clonu v místech, kde oba muži sedí. Na tváři mají klidný výraz. To, co bylo mezi nimi řečeno, nechávají plout. Ta spontánnost Busonova návrhu visí ve vzduchu jako krásně barevný balon proutěného koše pro vyhlídkové lety. A pod ním se prostírá půvabná česká krajina. Mírně zvlněná, poklidná, odmítající války, boje, násilí. Před krvavými bitvami se choulí do sebe, ale neposkytuje úkryt útočníkům. Nutí je k odchodu nebo k rychlé, brutální okupaci.

Uzavírají se také lidé, jako ta krajina, kde žijí? Volí boj nebo odchod? Jakkoliv se rozhodnou, vždy je čeká asimilace. Jaká ironie! Není vyhnutí, doma nebo venku. Co je horší? Asimilovat ve vlastní zemi, nebo v zemi cizí? Přizpůsobit se podmínkám země co je přijala, nebo se podrobit těm, jejichž vpád nezastavili? Ta půvabná, poklidná země se jim mstí a posmívá. Nechtěli jste prolévat krev, tak trpte. Žádné řeky plné krve jako při převratech v jiných zemích, třeba v Indonésii v pětašedesátém.

Joe ví, jaké problémy měl Busono, a přesto – nebo možná právě proto – se k němu, českému Josefovi, neobrátil zády. A to byl rok šedesátýosmý. Josef navázal kontakt. Ani na chvíli nezaváhali jeden druhému důvěřovat. Bez zábran se Busonovi svěřil se svým rozhodnutím nevrátit se do okupované země. A stalo se, v co doufal. Busono se za něho postavil i přes svou tehdy ještě pošramocenou pověst bývalého stážisty v komunistické zemi. A Josef mohl zahazovat úřední dopisy z Československa nařizující jeho okamžitý návrat do Gottwaldova. Získal čas ztratit se úřadům a možnost začít jinde, třeba i v Indonésii.

„Myslíš na šedesátýosmý, že?" ozval se Busono. „Však víš, že i mě dorazily ty tanky a pak tvá strnulá nevěřící tvář. Tak jsem si řekl, ať máš v co věřit. Chtělo to jen rychle roztočit pomalá kolečka indonéských úřadů a zavolat pár Čechům, starousedlíkům," Busono si dolévá kávu. Joe nastavuje svůj šálek.

„Já vím, co jsi riskoval. Znovuotevření prověrky tvého politického přesvědčení a ztrátu důvěry, možná i zaměstnání. Kdyby k tomu bývalo došlo, prohráli bychom oba." Bere si šálek od Busona a ten položí ruku na jeho rameno: „No, a jsme u toho, že? Prostě jsme si věřili a při tom zůstalo. Tak jdeme spát, ty staříku, ne?"

Joe dlouho neusíná. Když se konečně propadá do spánku, ocitá se na sluncem zalité ulici kdesi ve Francii. Hledá kavárnu, proplétá se mezi chodci, potkává pestře oblečené mladé ženy v doprovodu barevných šviháků. Živě se baví, bílé zuby blýskají v obličeji barvy bílé kávy. Marokánci? Severní Afrika, tady, uprostřed Evropy. Také emigranti, nebo imigranti? Je rok dva tisíce. Málem řekl Léta Páně. Má chuť si s nimi potřást rukou, ale cosi ho drží zpátky. Probouzí ho vlhký cíp prostěradla. Zase se potí. Je ráno. Naducaný podlouhlý polštářek se mu ve spánku svezl z postele. Říká se mu „holandská žena". Musí se tomu smát. Vstává. Busono odjel.

Joe neví, co s volným časem. Má si prý dát pohov. Po chvilce váhání se vydal na dlouho slibovanou vyjížďku do města za známým starým Baťovcem. Ví, že ho najde v baru Popi a nebude tam sedět sám. Pár dalších chlapíků ze stejné branže mu budou dělat společnost. Moc rád tam mezi ně nechodil. Snad se mu podaří vylákat Lojzu jinam. Ten se nedokázal smířit s tím, že Joe nestojí o společnost soukmenovců. Trvalo dlouho, než ho přestal přesvědčovat, že přece každý Čechoslovák je kamarád. Ale neodpustil si občas poznámku: jakože ho už nepředělá, nebo co ti kdo z nich udělal, a pak mávnul rukou a dodal: „Nebo jsi tak paranoidní? No tak pojď, jdeme jinam."

A tak i tentokrát Joe zamával ode dveří baru a Lojza ho začal lákat dovnitř ke společnému stolu. Když neuspěl, zvedl se od stolu a přidal se k němu.

„Konečně ses odtrhl od toho latexu!" šibalský úsměv mu hraje kolem úst. „Máš štěstí, ještě nějaký ten měsíc a už bych tady nebyl."

Joe se zarazil: „Co je? Jedeš do Republiky?" Lojza ho bere za ramena, otáčí ho k sobě a říká: „Podívej se na mně. Co vidíš? No, přece osmdesátníka! Kam bych prosím tě jezdil? Jsem rád, že dojdu o dům dál, natož za kopečky, za moře – tolik kilometrů. Ty jeď, dokud jsi ještě pojízdný," směje se.

Docházejí k malé restauraci na vyvýšené terase. Vcházejí. Jsou zatím jediní hosté, je tu klid. Voní frandžipány. Sedli si k malému stolku u zdi a už je tu obsluha. Lojzu tady znají, jako konečně na celém malém náměstíčku. „Turka, pánové?" ozývá se před nimi. „Jako obvykle. A vodu, že?" Číšník opět zmizel.

„Všichni už teď jezdí do Republiky, ale ty se tomu nějak vyhýbáš. Děje se něco? Není na tom nic špatného, zajeď si pro českou nevěstu. Ty knedlíky mají něco do sebe. Dokonce i v tropech! Tak přece se netvař jako sfinga."

Joe váhá s odpovědí. Teď, když tu tak sedí, on – šedesátník, s chlapíkem o dvacet let starším, tak se trochu stydí za své třeba úplně zbytečné starosti. Přece mu nebude kazit náladu, stačí že ho vytáhl z Popi. Dívá se na Lojzovu stále pěknou tvář, pravda, že už ne tak ostře řezanou. Rysy začínají ztrácet ten odhodlaný výraz mladších let, tak jak ho poznal, když byl Lojza asi v jeho letech. Jeho pozorné oči pomalu ztrácí svou intenzivní barvu tmavohnědé čokolády. Jen ty dlouhé brvy jsou stále hodně tmavé, i když vlasy má úplně šedé a prořídlé, zato obočí dokonce hustší než dříve a neobvykle černé. Vlastně to obočí teď dominuje v Lojzově obličeji.

„Prosím tě, ty si barvíš obočí?" neodolal. Neodpustil si tu rozpustilou poznámku a udiveně nadzvedl své obočí.

„No, ty jsi tomu dal. Co tě to napadá? A vůbec, neodváděj řeč, o mém obočí jsme mohli žertovat v Popi, mezi ostatními. Můžeš se už konečně odhodlat a říct mi, co máš na srdci? No tak, Josefe!"

Joe se dlouze nadechl k odpovědi: „Mám něco s krví, ale zatím neznám výsledky testu. Busono mě přesvědčuje, ať si spolu vyrazíme na Pražské jaro a pak do Brna a do Zlína. Určitě taky na Pálavu. Nechceš se přidat?"

Lojza ho sleduje celkem trpělivě, ale neodpustí si prudký tón: „O Praze slyším už podruhé, ale chci vědět trochu víc o té tvé krvi. Jak jsi došel až k testům? Busono zapracoval? Jak tě znám, sám bys jen tak pro nic za nic nešel."

Lojza vymáhá víc. Joe věděl, že to tak dopadne, a tak se snaží co nejstručněji mluvit o svých nočních můrách. A také o náhlých stavech slabosti těla i duše a pocení k ránu. Cesta k lékaři byla prostě samozřejmostí. Ale teď to čekání, jak je těžké!

„Pokud by diagnóza byla zlá, zkusil bych druhou v české nemocnici, no, a jak to teď chodí ve Zlíně, to by byl jen takový malý bonbonek, při té velké cestě domů, v akci návrat." Lojza pokyvuje, zvedají se k odchodu. Došli spolu až ke vchodu do Popi.

„Děláš chybu, že se izoluješ, Joe. Pokud jsi ještě měl Olgu tak snad, ale ani to nebylo dobré. Byli kolem vás různí lidé, jen ne Čechoslováci. Nechápu tě. Odcizilo tě to našim lidem zde v Indonésii, a když jsi přišel o Olgu, už jsi nenašel cestu zpět k české společnosti, co ses jí tak nerozumně s Olgou vyhýbal. Těm pár Baťovákům to taky bylo divné. Vždyť po tobě nikdo nechce žádné bratříčkování.“

Lojza mu poplácává po zádech a se slovy: „Tak se zase brzo ozvi“ vchází do restaurace. Joe ještě chvíli postává nerozhodně před budovou. Lojza má sice svým způsobem pravdu, ale on ji má taky. Jak mu má říct, že „udržet krajany pohromadě“ přece už nemá cenu. A v těch jeho začátcích měl v sobě příliš mnoho nedůvěry k staro i novočechům v emigraci.

Ještě tentýž večer se mu ozval v telefonu jemu neznámý hlas. Po rozpačité ohlašovací větě „Tady indonéský Zlín“ se volající odmlčel. Joe měl sto chutí zavěsit. Neudělal to jen proto, že ho zaujal hlas v telefonu. Vlastně melodie, tón hlasu. Olga by určitě byla nadšená jeho zvláštní intonací a hned by zapředla rozhovor. Tak zůstal u telefonu, s rukou na sluchátku a pokusil se o žert.

„To je divné, dlouhé jméno, nemyslíte?“ Smích mu napověděl, že jeho žert byl pochopen. „Nevěděla jsem, jak tu mou češtinu uvést, tak promiňte, prosím vás. Volám po rozhovoru s panem Lojzou. Jsem sekretářka ve firmě P.T.Sepatu Bata, Jakarta. Tedy Botana. Máte zájem o telefony Baťovců ve Zlíně? Ráda vám je pošlu.“

Byl úplně vyvedený z míry tou rychlou Lojzovou akcí. Ale takhle to přece bylo i tenkrát před mnoha lety. Rychlé jednání je Lojzova specialita. Roky na tom nic nemění.

„Díky! Neodmítám, i když není ještě jisté, jestli poletím. Prosím vás, prozraďte mi své jméno, máte neobvykle zabarvený hlas. Má žena měla zajímavou teorii o jménech lidí a o názvech míst. Prý jména a dokonce čísla mají barvu a vůni. Ale nebojte se, nechci vás tím otravovat.“

Teď nastala trochu delší pomlka na druhé straně drátu. „Pokuste se mně tedy prozradit, jaké jméno se ke mně hodí, pokud ta teorie platí," říká. „Abych vám to usnadnila, jsem dcera starého Baťovce."

„No, tak to jste mi to vůbec neusnadnila, ale děkuji za snahu. Hádat se neodvažuji. Snad se někde někdy potkáme a já vás poznám po hlase. Tak díky a dobrou noc."

Šel spát s úplně jinou náladou než kterýkoliv večer v posledních týdnech. Dokonce se usmíval před zrcadlem v koupelně. „Ty starý blázne!" říkal své tváři před sebou. Hlas přece není vše, ale přece jen prozrazuje něco z povahy, i když není klíčem ke jménu a podobě. Stejně se neubránil tomu, aby si tu známou neznámou nepokusil představit, třeba i uprostřed baťovské rodiny. S tou neurčitou představou usnul.

V nadcházejících dnech si spílal, že teď čeká na dvě věci, a to netrpělivě. Výsledky testu a seznam Baťovců ve Zlíně. Testy by chtěl mít negativní, jak jinak. Tu tělesnou slabost přičítá věku. Jakoby měl již všeho dost, i když není zdaleka tak starý jako někteří z jeho známých, co se stále ještě starají o své plantáže. No, a o ten seznam přece nejde, není třeba si něco namlouvat. Jde o usměvavý hlas zatím beze jména i tváře. Je vtipná, to se ví, že indonéský Zlín je mu bližší než Sepatu Bata.

Sedí u počítače, ale nic nevykouzlil. Je brzo. A na vyřizování kolem plantáže nemusí již vynakládat tolik úsilí a času jako předtím. Má teď dobré období. Žádné vážné problémy, co by se nedaly snadno řešit. A pak, Pieter vše zvládá úžasně. Škoda, že pomýšlí na odchod. Prý se chce poohlédnout po něčem v Malajsii. Joe si již delší dobu pohrává s myšlenkou na pokus přemluvit ho, aby to tady převzal úplně. Třeba plantáž i odkoupil. Zarazil se, když si plně uvědomil sled svých myšlenek. Co by ale potom dělal, kde by žil a jak? Je sám, bez rodiny a vlastně bez vlasti.

Kosmopolita – jak se s tím slůvkem oháněl. Být doma všude, prostě světový občan, schopný asimilovat, chápat a tolerovat. No, kde je to slovo „absorbovat"? Není to tak snadné, jak se zdá. Horší je, jak takového kosmopolitu přijímá okolí. Doma všude a nikde. To prý není dobře, říká Lojza, jednou jsi Čechoslovák, a to do smrti, ať žiješ, kde žiješ. Ale návrat – úplný návrat ke kořenům – jak by to chutnalo? Spíš trpce než sladce. Slyšel spoustu argumentů z řad těch, co se vrátili do vlasti a zase přišli zpět sem zatrpklí. Prý závist, nedůvěra, ždímání na každém kroku. Obálky lékařům, hoštění kamarádů a půjčky potřebným. No, na dovolené tu realitu přece nikdo nepozná. Jasně!

Rozhlédl se kolem sebe. Má to tu rád. To rychlé rozednívání a snad ještě rychlejší západy slunce. Je vlaho po noci, láká ho to ven. Obloha je lehce namodralá, jakoby prosvítala tenounkou bílou gázou. Slunce není už tak daleko, každou chvíli se vyhoupne nad obzor. Zvlněný porost džungle na horizontu zatím brání slunci ovládnout kus oblohy nad jeho pozemkem s domem a plantáží. Světlemodrošedá barva oblohy se ještě neoddělila od sytě hnědozelené půdy. Také je neobvyklé ticho. Nešustí listí, ani křídla ptáků, jen pod nohama mu křupe drobný štěrk na cestě, po které se teď vydává. Neodbočí do garáže ani na úzkou cestičku, co vede do přední zahrady, ale jde pomalu k hlavní bráně, teď ještě zavřené. Ale neotvírá ji, zahne podél bílé zdi, jakoby chtěl změřit ohraničený pozemek kolem domu.

Zastavil se, a sám sobě se v duchu posmívá, jaký je blázen a navíc starý blázen. Vždyť ví, jak je to tu rozsáhlé. Vymanila se mu vzpomínka na jeden dávný pokus, objet pozemek podél zdi, on z jedné a Olga z druhé strany na kolech a setkat se uprostřed pozemku u hlavní brány. Kde ty loňské sněhy jsou! Jeho život s Olgou se naplnil až po okraj. A on se topí jenom ve vzpomínkách. Normální život je pryč. Mohl by začít znovu? A chce vůbec? Nesmysl!

Ani ještě předtím, než začal pociťovat změnu, než si připustil, že se s ním něco špatného děje, ho vůbec nenapadlo, aby hledal cosi nového, prostě blízkost, nedefinovatelnou důvěrnost k někomu, kdo by takový pocit mohl u něj znovu vyvolat, anebo dokonce opětovat, až ten melodický hlas v telefonu. Takto mladistvě by určitě zněl hlas jeho a Olžiny dcery – dcery, kterou spolu neměli. Škoda! A Olga to nesla hůř než on, ale na něho také došlo, i když později.

Rezolutně se obrací a vrací se domů k počítači. V pracovně zatím našel vždy útočiště. Pracovna – jediná místnost v domě, kde ho bolest ze ztráty Olgy tak do posledního kousku nepohlcovala. A ta místnost teď dostává jiný význam, nabývá jinou dimenzi. Napřimuje se a zrychluje krok. Nebrání se tomu očekávání něčeho nového. Jak se přibližuje k domu, vidí, že uvnitř vše ožívá. Bapak vládne pevnou rukou v kuchyni i v zahradě. Rozumí si také dobře s nočním hlídačem. Trvalo mu, než přesvědčil Olgu, že hlídač je lepší než alarm.

Podařilo se mu nepozorovaně proklouznout do studovny. Na pracovním stole bliká světlo telefonu, má záznam nějaké zprávy. Co to asi je? Testy nebo Botana? Rezolutně zmáčkl tlačítko. Má dokonce dva záznamy. Nadechne se zhluboka. Při poslechu se zklidňuje. První zpráva ho nabádá, aby se spojil s nemocnicí, druhá ho pohladí tím kouzelným hlasem mladé ženy, seznam odeslala. Končí váhavou otázkou, jestli se prý nechce sejít.

Začal jí v duchu říkat, bůhví proč, Eliška. Na telefonu není jméno, ale snad bude v té odeslané e-mailové zprávě. Teď ale tu nemocnici. Vždy chtěl to špatné napřed. Potřeboval čas k přijmutí špatné zprávy, ale pak rychle přistupoval k akci. V tom byl s Olgou zajedno. Tak to proběhlo, když se vyrovnávali se zprávou, že ji nelze zachránit, ale stejně to s ním otřáslo, když se jednoho rána probudil a dotkl se její ledové tváře. Věděl i bez lékaře, že zemřela ve spánku vedle něho. Nedovedl se vyrovnat s tím, že se nevzbudil, když vedle něho naposled vydechla. Ten bolestný údiv ho stále neopouští. Když si teď dovolí vzít na vědomí své ochabující tělo, myslí na Olgu snad ještě víc, než kdy předtím.

Ale něco se přece maloučko změnilo už včera večer a ta změna s ním zůstala i po probuzení. Ten mladý ženský hlas, ten rozhovor o Olžiných studiích, jako by mu někdo hodil záchranný pás a zrovna z toho břehu, odkud to nejméně čekal, z břehu, který opustil, ze kterého uprchl.

Otřásl se a rychle zvedl telefon, aby domluvil schůzku s lékařem. Nějakou Jobovu zprávu, že má rakovinu, mu přece nenechají na záznamu telefonu, že jo. Zjistí datum konzultace a mohl by pak zkusit Elišku.

Domluvil se rychle a zapíná počítač. Se zájmem si přečetl krátký seznam. Jména mu nic neříkala, ale s radostí si přečetl pár vět na konci dopisu s pozdravem a podpisem. No, teda – Radka Uhrová. Byl vedle jak ta jedle s tou Eliškou. Podle jeho představ, alespoň co si pamatoval z diskusí s Olgou, Radka je tvrdé jméno a patří k němu modré oči jako sklo. Teď teda už vůbec neví, jak si svou neznámou má představovat. Rozhodně nic něžného, spíš rozhodnost a neústupnost. Ale ten hlas, ten přece nemůže patřit bojovné Radce, i když návrh na setkání přece jen přišel od ní. To se mu najednou zdá trochu odvážné. Nebo jde jen o generační rozdíl ve společenském chování?

Klidné spaní ho již několik dní neopouští, přestože ho čeká ta nemocnice. Za seznam poděkoval e-mailem a připsal, že má teď nějaké jednání, ale brzy se ozve kvůli té schůzce.

Je sezona durianů. Všude je jich plno, na chodnících i v obchodech. Nač si kupovat Viagru, když máme durian, žertují chlapi v Popi. Zastavil se tam k údivu Lojzy a určitě i těch ostatních, i když to nedali najevo. Posadil se vedle něho a chvíli tu skupinku poslouchal.

Znal je většinou od vidění, ale dohromady o nich nic podstatného nevěděl. Zjistil již dávno, že ho takové řeči o ničem, co tady vedou, moc nebaví, a ani teď svůj názor nemění. Napadlo ho, že by se mohl od nich nepřímo dozvědět něco víc o své známé neznámé. Ale nakonec od toho nápadu upustil. Místo vyptávání se nahnul k Lojzovi a tiše mu oznámil, že jde do nemocnice.

„Chtějí se mnou mluvit, tak jsem sem na chvíli zaskočil. Jo, a díky, dostal jsem seznam ze Sepatu Bata od paní Radky." Lojza se usmál: „Copak naše Radka, na ni je spolehnutí. A že by byla vdaná? No, tak to je prostě novinka! Musím se jí zeptat, kde toho svého schovává."

Teď již Joe vůbec nemá stání. Rozloučil se, a aniž věděl pořádně jak, přijel před bílou nemocnici. Dostal se sem sice rychle, ale najednou si uvědomil, jak po dlouhé chodbě zpomaluje. Směrem k ordinaci intenzivně vnímal obrysy všech dveří, které míjel. Některé byly otevřené, ale dovnitř pořádně neviděl, jak měl oči plné slunce, co v tom nejostřejším úhlu zrovna zalévalo chodbu. Rezolutně zaklepal a vešel do ordinace.

Lékař ho vítá a pokládá před něj list papíru. To, o čem s ním chce mluvit, si může doma v klidu znovu přečíst. Lékařův hlas ho zcela zklidnil. Slyšel jasně, že změna v jeho krvi je sice náhlá, a v jeho věku se musí začít s léčbou, ale rozhodně se na to neumírá. Spadl mu kámen ze srdce. Pokud se podaří úbytek bílých krvinek zastavit, nic zlého nehrozí. Stačí kontroly a pravidelné braní léků. Chtělo se mu smát samou radostí. Se sestrou v recepci domluvil další schůzku a kvapem opustil nemocnici.

V autě zůstal dost dlouho sedět. Má štěstí, z pekla štěstí, ale nemá se s kým podělit. Busono, Lojza, to ano, ale nejraději by teď vzal do náruče ženu. Samou radostí by ji vyhodil do vzduchu, pak láskyplně zachytil a přeněžně by ji postavil polehoučku zase na zem. Místo toho se pomalu rozjel domů. Musel projet obchodní částí města a jen tak se začal dívat po budovách s označením různých firem. Měl jen matnou představu o sídle podniku P.T.Sepatu Bata.

V tu chvíli viděl vycházet ze širokých dveří jedné budovy štíhlou ženu v bílých opáncích. Šla pružně, lehká sukně jí poletovala kolem opálených nohou. Zpomalil tak moc, že auta za ním začala zlověstně troubit. I ona se rozhlédla a k jeho údivu mu zamávala. Začala ukazovat směrem k jasně označenému parkovišti nedaleko P.T.Sepatu Bata. Po obtížném manévrování se mu konečně podařilo vjet na parkoviště, kam ho navedla.

Sehnula se k zaparkovanému autu. „Že jste to Vy, pan Joe, kamarád pana Lojzy, že?" Nadechl se a podařilo se mu důstojně vystoupit: „Vy jste jasnovidka? Kam se můžeme posadit na kávu, jestli máte čas?"

Později, když o tom prvním setkání, náhodném, ale tak dobře načasovaném, mluvili, vybuchli vždycky oba smíchem. Po tom, co se to odehrálo, nemohlo ani jinak, než že ji pozval na návštěvu k němu na plantáž. Bylo mu dobře v její mladistvé společnosti. Byli jako dva spiklenci, když komentovali mezi sebou zvědavé pohledy ostatních, ať už u něho doma nebo u ní v práci, když se pro ni občas zastavil. Restauraci Popi se vyhýbali, aniž o tom padlo jediné slovo. Nějak to vyplynulo samo sebou, stejně jako to, že zatím ho nepozvala k sobě.

Teď zrovna spolu sedí na terase jeho domu, kam nesvítí přímé slunce. Bránil tomu hustý porost ibišků a zkosená střecha. Silné, načerveno natřené sloupy ji podpíraly. Živě o čemsi z práce povídala, nic důležitého. Bylo příjemné ji poslouchat. Nevyžadovala jeho účast a on se dával unášet zvukem jejího hlasu. Přitom pozorně vnímal detaily jejího obličeje. Něco, nebo někoho mu připomínala. Snažil se zachytit čím nebo dokonce koho, ale nedařilo se mu to.

„Tak, jak je to s tou teorií o jménech, barvách a zvucích, nebo jsi řekl tónech? Bavili jsme se o tom v práci, ale k ničemu se nedošlo. Jeden kolega říkal, že se pokusí něco najít přes Google." Trochu ho zaskočila, že se o tom začala bavit.

„Moc o tom nevím, jen že je to z oblasti psychoanalýzy a ne všichni mají vyvinutý smysl pro tyto pochody představivosti. Prý se při klinických testech ukázalo na dostatečném množství případů, že určité tóny vyvolávají představu vždy určité barvy u všech analyzovaných. Tak třeba při zaslechnutí tónu Fa, vnímali písmeno Fa jako fialové, i když na tabulce abecedy před nimi bylo toto písmeno černé. Nebo třeba při setkání s osobou, kterou dobře znali, viděli kolem jejího těla auru určité barvy, podle momentální nálady, nebo úmyslu té osoby."

Náhle se to všechno i jemu samému zdálo přitažené za vlasy, a tak se odmlčel. Ale jeho nová přítelkyně mu pozorně naslouchala. A tak pokračoval: „Prostě je to složité. S mou ženou Olgou jsme si z toho udělali takovou zábavu a občas se nám dařilo tak experimentovat. Olga byla psycholožka. Bavilo ji vytvářet systémy, které jí pomáhaly vložit řád do myšlenkového pochodu chaotického světa neurotiků. Když jsme odešli z Republiky, tak Olga už nepokračovala v klinické práci, ale pořád ji ta teorie vzájemných vztahů určitých čivů s představivostí zajímala." Přehodil nohu přes nohu a natáhl se pro šálek kávy. „Promiň, nechal jsem se nějak unést. Rád si poslechnu, co tvůj kolega přinesl nového."

„Ale s tím mým jménem a zvukem mého hlasu, to jsi jen tak hodil do větru, ne? Vlastně jsi mně ani neřekl, jaké jméno na mě vyšlo, tak už to, prosím tě netutlej." Usmívala se, hlas jí škádlivě zvonil, hlavu lehce zakloněnou.

V tom okamžiku se mu mihla před očima jiná situace, matný záblesk zářezu z jeho české minulosti. Byl na poradě jen s několika kolegy, když do místnosti vešel někdo další a jeden z přítomných se ozval dost káravě: „No, konečně, Radku!" Obličej toho vcházejícího mu vzdáleně připomněla Radčina tvář. Že by otec? To by byla trefa! Dotyčný Radek prý šel přes mrtvoly, pokud šlo o kariéru, o tom se přece jen tak z ničeho nic nedá mluvit, s nikým, natož s jeho Radkou, pokud by se z ní vyklubala dcera toho dotyčného.

„No, jak by se ti třeba líbila Eliška? Já jsem ti tak říkal v duchu už od začátku," říká Joe. „Když Eliška, tak jak sis mě představoval? Vypadám tak, jak sis mě vykouzlil k tomu vymyšlenému jménu? Pokud tu debatu o tónech, jménech, barvě a tvaru dotáhneme do konce, tak si přece zasloužím, abys mi prozradil to další tvé tajemství, ne?" Náhle se zarazila a zvážněla. „Promiň, to bych neměla, takhle na tobě vyzvídat. Stejně bys mně ale mohl říct, jak jsi uhodl, že jsem tvá neznámá z telefonu, když jsi mě zahlédl vycházet z podniku."

Úplně se rozohnila, jak rozvíjela debatu. Potřeboval ji trochu zkrotit. „No počkej, zapomněla jsi, že jsi na mě zamávala? No tak, jak jsi věděla, kdo jsem a kam jdu? Asi jsi mě viděla s Lojzou, že? Tak tato záhada je vyřešena. Tu Elišku ti vysvětlím později, když mně přineseš nějakou rodinnou fotku. Tak co, platí?"

Když už odešla a zůstala po ní jen vůně parfému a zanikající zvuk odjíždějícího auta, snažil se vybavit další útržky z toho náhodného střetnutí s někým, kdo mohl být Radčiným otcem. Přistihl se, že ta myšlenka ho dráždí. On sám v Radce viděl svou a Olžinu vysněnou dceru. Jak je snadné se nechat unášet tím, co by mohlo být. Jak je také snadné hledat a nalézat viníka, kde není. Tenkrát ho někdo podrazil a vše ukazovalo na toho Radka. No, to by tak ještě scházelo. Zeptá se Lojzy na Radčina otce. Snad o něm něco ví.

Parta v Popi popíjela pivo, když Joe vešel. Měl za sebou další kontrolu v nemocnici a vypadalo to celkem dobře. Věděl, že to nejlepší, co může očekávat, je stabilizace jeho stavu, a doufal, že najde v sobě dost vůle, aby dodržoval lékařské pokyny. Je tu ale ta cukrovka, naštěstí pod kontrolou dietou a prášky. Zatím bez inzulinu, snaží se dodržovat dietu. Představa oslepnutí, nebo dokonce amputace končetin ho přímo ohromovala děsem. Ještě před pár týdny se málem chystal na onen svět, ale teď je odhodlán o ty své zbývající roky života přece jen bojovat. Vyřešit tu záhadu kolem Elišky stojí za to, říká si každý den.

Zatím se mu neozvala, ale má se aspoň na co těšit. Uvnitř restaurace je sice příjemné přítmí, ale zima. Ta klimatizace ho moc neuspokojuje. Vždycky si říká, proč tak užitečnou věc nedokáží pořádně nastavit. Vlastně nikde, dokonce ani v té nemocnici, mu to nevyhovuje. Hledá očima Lojzu, ale zdá se, že tu není. Už se chystá k odchodu, když slyší úryvky z hovoru, co sem zaznívají z hloučku Čechů. Kdosi říká: „No ano, otec slečny Radky z P.T.Sepatu Bata." Ale nedá se přece všemu věřit, dodává k tomu kdosi jiný. Cosi mu brání v tom, aby si přisedl k partě Baťovců, když s nimi není Lojza.

Má sto chutí se za ním rozjet, ale když dochází k autu, nevěří svému štěstí. Spatří Lojzu, Elišku a postaršího, jemu neznámého chlápka.

Teď, když je má před sebou na dosah, by nejraději potichu a především nepozorovaně zmizel. To se mu ale nepodařilo. Už ho vidí a Lojza přidává do kroku. Volá, že jdou do Ramy a zve ho, ať se přidá. Lojza je samý úsměv, ti dva další taky, a než se naděje, berou ho mezi sebe. „Dáme si jejich úžasný gudeg a rujak. Tady Radek se už nemůže dočkat. Chce to porovnat s Yogyou. No, však je to yogakarský originál, že jo? A rujak je jasná Jakarta. No, a tady Radka, ta chce jen smažený banán – pisang goreng."

Joe je vtažen do jejich lehké konverzace, ani neví jak. Žasne sám nad sebou, když se slyší říkat: "Ten je ale nejlepší v Medanu na tamějším trhu a po ránu, takže je třeba tam přespat."

Eliška se usmívá trochu potutelně, jak toho postaršího pána bere za loket a otáčí ho obličejem směrem k Joemu. „Není to lepší takhle, než jen na fotografii?" říká. „Můj otec, Radek Uher." Oba muži si potřásají rukou. Mezitím došli do restaurace a Joe získal čas si vše urovnat v hlavě. Tak trochu si připravil způsob, jak nejlépe se dozvědět pár informací o Radkovi.

Když se usadili a objednali jídlo, rozhovor se mezi nimi zklidnil, jen Joe byl trochu napjatý, jestli Eliška nezačne debatu o jejím jméně. Trochu si spílal, že jí stále sám pro sebe říká Eliška. „Musím si přece zvykat, ať ji omylem neoslovím jinak, než se jmenuje," domlouvá si.

Zdá se, že jména na pořad nepřijdou, asi si chce nechat sama pro sebe toto jejich tajemství, a to ho hřeje u srdce. Joe nenápadně pozoruje Radka, jestli nedá najevo, že ho poznává. Je čím dál víc přesvědčen, že je to ten sebevědomý muž z pracovních schůzí z Gotwaldova. Zároveň si uvědomuje, že měl k tomuto muži dnes již nepochopitelnou averzi. Kdosi cosi kdysi řekl o jeho ambicích, co hraničily až s vědomým a cílevědomým podrážením potenciálních soupeřů v postupu na platovém žebříčku. Byly narážky na karierizmus nejhoršího zrna, třeba až k donášení šéfovi, nebo i snad estébákům. Prý měl prsty i v Josefově případě ohledně místa v pobočce v Americe. Hodně lidí si na to dělalo zuby, jak by taky ne.

No, nejen, že to místo Josef nezískal, ale bylo mu dokonce naznačeno, že Západ je pro něho uzavřen. Možná tak Asie. Co proti němu tam nahoře měli, to se pochopitelně nedozvěděl, ale podvědomě vinil Radka. Také poznámky krajanů v Popi ho spíše utvrzovaly v jeho podezření, než aby jej rozptýlily. Teď tu sedí proti němu jakoby nic, vlastně se ani nemusí držet na uzdě, aby ho neobvinil z podrazu. Asi také kvůli Elišce.

Je to všechno nějak trapné, dokonce směšné. Co si to vymýšlí, jaké obvinění a jaké objasnění? Čeho a proč? Neměl sebemenší důkaz, dokonce ani matný náznak. Jsou to asi pomluvy, prostě klepy, jedna paní povídala. V zápětí ale zase váhá. Nic není tak jednoznačně světlé nebo tmavé. Rozmluva s Radkem v soukromí by mu samému pomohla ke klidu, asi se o to pokusí. Jde také přece o Elišku, tedy Radku, dceru toho šejdíře, tedy podle některých údajů, i když neprokázaných.

Je vidět, že dcera s otcem k sobě mají pěkný vztah. To se pozná. Kdyby se začal pídit po informacích, všechno by se beznadějně zamotalo. To pěkné, co cítil pro tu mladou ženu a ona pro něho, by nenávratně kamsi zmizelo. Takže nebude nic dělat. Dívá se na Lojzu, jak pozorně baví hosta, a tak si určitě nevšiml v jaké divné náladě je Joe. Zrovna tak bezelstně se chová i Eliška. Teď se zrovna k němu hodně naklonila a důvěrně ztlumila hlas: „Já jsem dodržela svůj slib, dokonce na sto procent. Ty se ale k ničemu nemáš. Vysvětli přece tu Elišku.“

Josef se probral ze svých úvah. Byl trochu zklamaný, že to jejich tajemství je přeci jenom na pořadu, i když diskrétně. Ani Lojza, ani Radek neslyší, co mu mladá žena povídá, snad to tak zůstane i v jeho případě.

„Chtěl jsem o tom začít ve vhodnější chvíli, třeba při společné procházce na Hradě, ale k tomu asi hned tak nedojde. Tak abych tě nenapínal, jako džentlmen tě nemůžu nechat čekat bůhví jak dlouho.

Chceš vědět, proč jsi zrovna Eliška, jak s tím souvisí má představa o tom, jak vypadáš, když jsem slyšel tvůj hlas v telefonu?"

Tolikrát si nacvičoval to povídání o královně Elišce Přemyslovně, aby byl stručný, ale přece se v této chvíli dal unést zbytečnými podrobnostmi o té obdivuhodné dceři Václava druhého, manželce krále Jana Lucemburského. A to se její korunovace odehrála tak dávno v roce 1311. Že její něha dodávala sílu i slepému králi k boji s nepřítelem. Že hlas v telefonu zněl přesně tak měkce a bezelstně, ale přes tu něžnost vemlouvavě a nabádavě. Jak mu v jeho slabé chvíli, v jeho černé hodince, dodala chuť k životu. Ale toto všechno jí nemůže říct, ne zrovna tady a teď.

„Málem jsem myslel, že jde o omyl, když jsem viděl tvé jméno na dopise. Prostě Radka mně k tobě nesedí, řekl jsem si, než jsem tě potkal. Tvůj hlas je něžný mezosoprán královny české, Elišky Přemyslovny, ne bojovný hlas amazonky Radky."

Teď se k nim dvěma přidali i jejich dva spolustolovníci a zvědavě poslouchali. „Taky chceme slyšet o Elišce," říká Lojza a Joe si uvědomil, že jeho rozhovor s Radkou nebyl tak tichý, jak si myslel. Radčin otec se neubránil poznámce: „Ty jsi něco vyprávěla o svém druhém jméně? Máš na rodném listě Radka Eliška, protože jsme se nemohli s maminkou shodnout, a tak máš dvě jména. Však to víš, Radka je ryze slovanská, Eliška je polsko-česká, z hebrejského Elishabah."

Radka se směje, „Ještě, že jste mně nedali jméno Rejčka!" Joe se nestačil divit, kam se najednou hovor stočil. A tak když už, tak už. Neodpustil si, aby se nezmínil o 13-ti královnách Eliškách a dokonce o jedné císařovně. Než se nadáli, byli v historii u Přemyslovců a Habsburků. Přece jen si ty tóny a barvy spojené se jmény nechala Radka pro sebe. Co bylo jenom jejich tajemství, zůstalo neporušeno.

Pojedli a zvedli se k odchodu. Lojza vedl společnost do Popi a Joe se odporoučel. Byl rád, jak vše proběhlo i s tím koncem, a vychutnával myšlenku na návrat domů, do toho klidu a ticha, které už na něj tak nepadalo. Po tak dlouhé době po Olžině smrti se dusivé ticho proměnilo konečně v hladivou úlevu. To ta Eliška, co se vlastně jmenuje Radka, ta je toho příčinou. Na tváři měl úsměv a bylo mu dobře.

Pohledem téměř něžně klouzal po krajině, kterou projížděl hned, jak se vymotal z prašných ulic města. Tropy a prach! Kdysi by se tomu nestačil divit. No, on to nebyl tak docela ten prach z Evropy, ale spíš špína, co se lepí na paty a zmizí jako mávnutím kouzelným proutkem, jakmile se spustí tropický liják. Tady si téměř mohl sáhnout na zelená rýžoviště stoupající od cesty, kudy jel do kopců, měl je na dosah.

Bylo po poledni, slunce stálo nejvýše na obloze, předměty kolem něho nevrhaly téměř žádné stíny. Ani košaté stromy waringin neposkytovaly téměř žádný úkryt. Bylo palčivé horko. Vzduch se jen tetelil. Snažil se vybavit si otce Radka s dcerou Radkou a přisoudit jim ty povahové rysy, co by se k nim hodily. Mají stejné jméno – měli by mít alespoň trochu podobné vlastnosti. Po chvíli to však vzdal. Byl příliš zaujatý Eliškou, než aby mohl věnovat dost pozornosti jejímu otci. Myšlenku, že Radek je ničema, přece zavrhl.

Když dorazil domů, již v dobré náladě a více méně rozhodnut odložit dovolenou v Evropě na zatím neurčitou dobu, čekal ho na přední terase Pieter. Potřásli si rukama a po chvilce se Joe dozvěděl to, co mu již delší dobu dělalo starosti. Nebyl si jistý, jak Pieter naloží se svou ambicí samostatného podnikání.

Pieter byl rozpačitý a Joe trpělivě čekal, než se jeho manažer odhodlá k tématu, kvůli kterému určitě přišel, ale zatím setrvával v lehké konverzaci. „Jak se vede Marice? Rodina je v pořádku?"

„No, proto jsem vlastně teď tady. Souvisí to s ní a s plánem, co dál. Vlastně jsme se rozhodli zůstat ještě nějaký rok tady v Indonésii. Mám šanci zůstat zde na plantáži ve stejné pozici," říká Pieter a po krátké pomlce dodává provinile: „Však víte, chtěl jsem na zkušenou do Malajska, nebo se poohlédnout po částečném vlastnictví malé plantáže zde v Indonésii, ale nějak se všechno zvrtlo. Nejsem moc velký diplomat a dokonce jsem se rozpovídal o svých plánech i před vámi. Jistě si vzpomínáte, že? Marika mně vyčinila. A tak chci vše zase dát do správných kolejí. Pokud ovšem jste již nepodnikl nějaké kroky a nehledáte za mě náhradu?" Mladý muž poposedl na židli a odmlčel se.

Joe se dobrosrdečně usmíval a neubránil se téměř žoviálnímu tónu, který tak nenáviděl, ale v tuto chvíli si prostě nemohl pomoci. Dívá se na svého manažera a říká: „Já taky musím s pravdou ven, když vy si tak vyléváte srdce. Představte si, že jsem se opravdu bál toho, že vás ztratím. Pracujeme spolu už nějaký ten pátek, zvykli jsme si na sebe a musím říci, že jsem s vámi víc než spokojený. Vypracoval jste se na výborného odborníka a mrzelo by mě, kdybyste mně zrovna teď dal sbohem. Absolutně vás ovšem chápu, že se chcete jednou osamostatnit. Ale raději ne hned."

Pieterův obličej jasně prozrazoval jeho emoce. Zářil jako to polední slunce a přestal se konečně vrtět na židli. Absolutně se uvolnil, byl z něho zase ten sebejistý odborník, jakým beze slova byl.

Joe pokračoval: „Takže nejen, že vítám vaše rozhodnutí zatím u mě zůstat, ale mám pro vás dokonce nabídku. Chci vám nabídnout partnerství. Co vy na to? Jistě, musíte si vše promyslet, dám vám dost času na odpověď. A nebojte se, spadl mi kámen ze srdce, že tu zůstáváte, ať již jako manažer nebo partner."

Teď i on se uvolnil a přešel do jiného tónu. „Stačí se domluvit s Marikou, ne?" Zapálil si cigaretu a nabídl i mladému muži. Získali tím oba čas a po prvním vydechnutí kouře se společně rozesmáli.

„Marika mi nebude věřit, že se její sen splní. Je tu moc spokojená a zatím, co vy jste se obával, že bych odešel, já jsem doufal ve větší volnost v samostatném rozhodování. Takže si hned plácneme na to status quo, abyste si to snad ještě nerozmyslel. To partnerství – na to potřebuji přece jen trochu jasnější hlavu a více detailů a vážnou rozmluvu se ženou. Beru si ten nabízený čas na odpověď."

S tím se Pieter zvedl a podal Joeovi svou pravici. Ten s ní mocně potřásl. Ještě nějakou dobu sledoval pohledem mladého muže, jak si vykračuje pružným krokem k autu, kde se zastavil, aby odhodil cigaretu a zamával.

Joe zamáčkl svou nedokouřenou, co ležela na popelníku. Neměl by kouřit. Lékař ho nabádá k abstinenci. Prý zpomaluje léčbu. Jakou léčbu, proboha? Najednou mu jeho nedávné chmury připadaly směšné. Cítil se dobře. Byl plný optimizmu. Nepotřeboval se nutit do dobré nálady, měl chuť do života. I ta dovolená ho lákala. Nepotřebuje žádnou druhou diagnózu. A hlavně to vyhrál s Pietrem. Udělá to partnerství lákavé.

Jeho myšlenky se neustále vracely k Radce. Říká si, že hlavně je teď v jeho životě ona, i když neví, na jak dlouho. Vždyť ví, že nic netrvá věčně. Má Elišku teď, ne sice Rejčku, jak sama poznamenala, ale přece jen Přemyslovnu, co se hodí i k té ryze slovanské Radce, jak říká její otec. Jako žena Jana Lucemburského musela mít plno odvahy. Vybavil si ten rozhodný úsměv, jak ho nasměrovala na parkoviště při prvním setkání. Kde vzala tu jistotu, že tam bude chtít vjet podle jejích pokynů? No, jasně, Přemyslovna, nebo Šárka. Asi obojí dohromady.

Přechod z terasy do domu byl jako pohlazení. Z horka do chladného přítmí vzdušného pokoje se stropním, mírně se točícím ventilátorem. Bapak nakoukl dovnitř: „Kávu?" Než to stačil říct, Joe požádal o vlažný čaj, sem do pracovny. Pak rezolutně vytočil Busonovo číslo. Je čas vše uvést na správnou míru, jak říká jeho manažer.

Odloží Pražské jaro na příště, Pálava také neuteče i se svými vinařskými sklípky. Busono se skleničkou v ruce – tu podívanou si nedá ujít. Ale to všechno ještě počká, když už mu to trvalo tak dlouho se rozhoupat a podívat se domů.

Napřed se dá do pořádku zdravotně. Jak říká jeho lékař, stabilizovat se, to je to hlavní. A Joe si říká sám pro sebe při té konzultaci, „a nejen zdravotně," a potlačuje trochu ironický úsměv. Za zdánlivou Radkovou zradou prostě zaklapne dveře. Stejně to bylo kdysi v dávnověku. Bude se radovat z toho, že poznal Elišku. Udělal z toho pěkný zmatek. Musí dávat pozor, aby ji neoslovoval „Eliško“. To jméno opravdu patří do jiné dimenze. Dá se teď do přípravy nové smlouvy s Pietrem, zajde k notáři. To ho tak zaměstná, že bude dost času na ten stabilizační proces, jestli léčba pomáhá.

Domů se vracet nikdy nechtěl. Olga souhlasila. Měli mnoho důvodů, i když to hlavně byly ty ruské pluky, co nejenže přišly, ale taky zapomněly odtáhnout. No, a pak už to byla Olžina smrt, co ho na delší dobu, než by se dalo čekat, tak vzala, že neměl na nic jiného ani pomyšlení. Cosi mu bránilo, aby odjel sám, když už nemůže s Olgou. Až vlastně teprve teď to bere jako cestu sice bez ní, ale v duchu s ní. Bere její fotografii ze stolu a tiše s ní promlouvá – přece jen se to uskuteční, splní se to, v co jsme nedoufali, viď? Návrat do svobodného Československa.

Ze samomluvy ho vytrhl Bapak. Přinesl skleněný džbánek vlažného čaje a Joe si nalil, než vytočil Busonovo číslo. Netrpělivě čekal, až někdo u nich zvedne sluchátko. Znovu se napil a zakryl skleničku stříbrným táckem. Tady se skleničky s nápojem zakrývají. Jak se tomu s Olgou zpočátku divili! Jsou tepané ve známé dílně Tommy Silver Factory. V tu chvíli se ozval Busonův hlas. „To musí být telepatie. Zrovna jsem ti chtěl volat. Ale ty voláš napřed, asi je to něco důležitého, že?“

Joe si uvědomil ten kontrast ticha u něho ve studovně a večerního chaosu u Busona. Připadalo mu netaktní, že mu volá v tuto dobu domů. Ale už se stalo, a tak rychle vychrlil pár slov o tom, že Zlín s tím ostatním nechává až na příští rok a dodal: „Já jen abys nic nezačal organizovat pro svou dovolenou na tento rok.“

Busono to jeho prohlášení přijal s klidem, dokonce se Joemu zdálo, že s úlevou, když slyšel, proč mu on sám volá. Prozradilo ho jeho: „A jak to vypadá s tvou léčbou? Žádné vedlejší účinky?“

„Jsem v pořádku,“ říká Joe, „dokonce i dobře spím.“ S tím optimistickým závěrem ukončil rozhovor a docela byl sám se sebou spokojený, jak to dobře vyřešil. Spokojeně popíjel čaj, když uslyšel zvuk auta.

Bapak po chvíli pootevřel dveře pracovny. Prý návštěva. A bez telefonního ohlášení a tak pozdě večer? Bapak se nestačil divit. To se zde už dlouho nestalo. Ono se to moc nestávalo ani předtím, když ještě byla Olga naživu. Bapak ji taky postrádá.

A už se ozývají dva mužské hlasy. Joe poznává Lojzu, ale neví, kdo je druhý návštěvník. „Tak se nám ukaž, ty starý sysle," burácí v chodbě. Bapak vede hosty na terasu a Joe se k nim přidává. Zdá se mu, že nového příchozího už někdy potkal. Ukázalo se, že tomu tak skutečně je. Při představování mu uklouzlo: „Šedesátýosmý, že? Chtěl jste napsat článek o Baťových zaměstnancích v Indonésii, pokud si vzpomínám."

Návštěvník drží stále jeho ruku v pevném stisku. Říká: „Taky jsem ho napsal, ale už bohužel nevyšel. Tak to v redakci učesali, že jsem svou verzi ani nepoznal a odmítl jsem článek vydat. Většinou to bývá naopak, že? Zato teď mám šanci a hledám nové zdroje, no, na to pravé, pravdivé emigrantské téma. Co tomu říkáte?"

Joe se zarazil. Zrovna teď, v tuto chvíli? To snad není možné. Vždyť se před chvíli rozhodl skálopevně smést všechno ze stolu, žít jen dneškem, nechat minulost plavat. A pak ani neví, jak dlouho má ještě před sebou. Zrovna v této situaci, kdy si tak pěkně nalinkoval budoucnost bez problémů, se musí objevit novinář z roku 1968. No, tak to je palba. A co s tím má co dělat Lojza? Ten tu přece nezůstal kvůli ruským tankům. Nějak se mu to nezdálo. A do toho ještě Radek Uher.

Konečně se všichni tři usadili a Bapak nabízel čaj se smíchem předstíraně odmítnutý, a prý co takhle pivo – Bintang Merah? Joe si znovu v klidu prohlédl nového hosta. V tak krátké době vlastně druhého, když pomyslí na Eliščina otce. Bylo vidět, že se Lojza v jeho společnosti cítí dobře, a to zapůsobilo i na Josefa. Když padla otázka, proč zrovna teď, vlastně, až teď? Sametová revoluce kdesi v dáli. Jak by vůbec někoho mohly zajímat osudy Baťovců v Indonésii, ať už před nebo po sovětské okupaci Československa? Joe svou otázku do debaty opepřil trochou své proslulé ironie. Neodpustil si poznámky o klasickém vlastenčení, co mu neuniknou ani profesionálové stále věrni svému povolání. „A to klobouk dolů," řekl Joe.

To už bylo asi na Lojzu moc. Pěkně se rozohnil, jak se pustil do Joa: „Copak je to možné na všechno zapomenout a nepřipomínat Baťovce jak před válkou, tak ve válce? Všichni v době japonské okupace Indonésie chodili s páskou na rukávě s nápisem 'Nestřílejíci nepřítel'. Zpočátku se tomu švejkovsky posmívali, ale to je brzy přešlo, když někteří skončili v táborech spolu s Holanďany a Brity. Typické koncentráky, ženy a děti odděleně od mužů. To živoření za dráty je krutě poznamenalo."

Lojza se odmlčel. Jeho výbuch Joa překvapil. Položil mu ruku na rameno a omluvně řekl: „Vzdát čest nejen jim, ale i těm, co přišli v jejich šlépějích a zůstali, i když se Indonésie zmítala v občanské válce, bojovala o samostatnost a lidé padali jako mouchy, to je přece samozřejmé."

Lojza mu skočil do řeči: „Ale o to přece právě jde tady Mirkovi! On ti vysvětlí své plány." Joe si uvědomil, že byl vtažen do něčeho, čemu se chtěl vyhnout, ale teď už nemohl vycouvat. Alespoň musí znovu Lojzovi zdůraznit to, co mu nikdy tak zdlouhavě neřekl. Konečně se k tomu odhodlal, když promluvil: „Ani nevíš, jak tě obdivuji, tvou odvahu a vytrvalost pomáhat Baťovcům v těch různých dobách, co jsi prožil v Indonésii. A tím víc si tě vážím, že pomáháš všem a za různých situací. I těm, podle tebe odrodilcům z padesátých a šedesátých let jako jsem třeba já."

Teď zase Lojza rozhodil rukama a ztišil hlas: „Ale o mě přece nejde. Nemohl jsem jinak, jsem přece Čechoslovák, ne? Tady jde o víc než o politiku. No, tak něco řekni, řada je na tobě."

No dobře, tak teda Mirek, pomyslel si Joe. Ten vytrvalec za tím vším vězí, co mermomocí usiluje o renezanci historie emigrantských Baťovců. Nemohl si pomoct a opět nasadil svůj skeptický tón, kterým tak dráždil Lojzu, když oslovil Mirka: „Novináře v sobě nezapřete a musím dodat – investigativního. To je teď už delší dobu moderní termín, že? Prostě se nosí. Jde jen o to, kam až sahá. Nic ve zlém, prosím vás, jak vidíte, dost snadno ujíždím. Vlastně to chápu a spíš se trochu posmívám sám sobě.“ Joe se zájmem sledoval novinářovu reakci a zjevně tím uváděl veterána žurnalistu do rozpaků.

„Budete se divit, ale i já chápu zase vás a pokusím se o vysvětlení“ začal Mirek obdivuhodně s klidem. „Tak zatím ve zkratce. Jestli se v podstatě přidáte k Lojzovi, a přistoupíte ke spolupráci na článku, pak bude dost času na detaily.“ „Mirek má pravdu,“ přidal se Lojza.

Jako na zavolanou se zrovna v té chvíli objevil Bapak s pivem Bintang Merah. Jako vždy dovedl odhadnout tu pravou atmosféru a setkal se s tou nadšenou odezvou, kterou očekával, a kvitoval ji s úsměvem.

Mirek se napil a pohodlně se usadil, než spustil: „Nedávno jsem se setkal se dvěma ženami, orientalistkami, které jsem v roce 1968 potkal na Singapurském letišti. Vracely se tenkrát z Kuala Lumpuru, kde byly na konferenci. Ještě byly evidentně v šoku, když mně vyprávěly, jak viděly v televizi ruské tanky v Praze. Řekly, co si o tom myslí malajským novinářům. Až po odletu z KL si uvědomily, co se může stát při příletu do Prahy. Mohly by je sebrat přímo od letadla. Uklidnil jsem je, jak jsem uměl a přidal, že jsem novinář a definitivně napíšu článek. Při tom nedávném setkání mně to připomněly. Kde prý je ten slibovaný článek z šedesátéhoosmého? A tak jsem si řekl, je čas na Baťovce, co zůstali venku po těch tancích.“ Mirek se opět napil.

Lojza pokyvoval hlavou a přidal k tomu vyprávění jednu důležitou informaci, aniž si byl vědom toho, jak to zapůsobí na Joa. „Ty dvě orientalistky ze singapurského letiště se totiž dobře znají s Radkou. Byly všechny tři přibližně ve stejné době na katedře jihovýchodní Asie Karlovy Univerzity v Praze, i když Radka jen jako studentka a ty dvě jako lektorky. Dá se říct, že se skamarádily a zůstaly ve styku i později, když už Radka získala zaměstnání v Baťových závodech. No, a pak již byl jen krůček k zahraničnímu pobytu a k starým Baťovcům v Indonésii.“

Joe se musel ovládat, aby nezalapal po dechu. Tak to tedy je! Eliška, tedy dcera Radka Uhra, přes zaměstnání poznala Lojzu a tím jeho. Joe měl výhrady k chystanému článku již dříve, ale teď musí definitivně odmítnout. Nebude přece vytahovat staré křivdy asi způsobené otcem Radky.

Jen jako ve snu slyší, jak Mirek pokračuje: „Moje dvě známé ze Singapuru mě uvedly na myšlenku, že Radka pomůže kontaktovat tady Lojzu, no a ten mně vyprávěl o plantážníkovi Joeovi, bývalém Baťovci a emigrantu Josefovi. Řekl jsem si, že po tak úžasné spolupráci s několika lidmi přece mohu alespoň zkusit toho zajímavého plantážníka Joa, a svůj slib splnit."

Joe se stále nedokáže soustředit na rozhovor s oběma hosty. Jeho snová Eliška mu nevědomky pěkně zavařila. Zrovna teď, když si zakázal myslet na ta léta předcházející jeho ilegálnímu pobytu v Indonésii. Vytrhl ho Lojzův váhavý hlas: „Jsi v pořádku? Josefe, halo! Kam ses nám to ztratil? Tak přece už něco řekni. My s Mirkem máme už té naší samomluvy dost."

Joe se omluvně usmívá, všiml si, že si je Mirek vědom rychlých změn v jeho rozpoložení. Lojza se spíš durdí, že Joe nechce s chystaným článkem nic mít. Považuje to za sobeckost. Nikdy vlastně plně nepochopil jeho situaci. Díky své bezelstnosti Lojza přijal každého, kdo pomoc potřeboval, i když sám sebe mohl uvést do nebezpečí. Zpočátku si Joe myslel, že za tou Lojzovou ochotou musí vězet něco jiného, ale přesvědčil se, že to tak není.

Jestli se někdy stalo, že Lojzu za jeho ochotu podrazil ten, komu pomáhal, pak o tom Lojza nikdy nemluví. Proto se mu nemůže svěřit s myšlenkami o jen tušené zradě svých bývalých kolegů. Proto se přestal už dávno pokoušet vysvětlit Lojzovi svou nechuť stýkat se s československou společností v Indonésii.

„Vy váháte?" říká do ticha Mirek. „Měl bych zkusit někoho jiného? Co říkáte, Lojzo?"

Terasa byla náhle nějak těsná pro tři muže. Bylo dusno jako před bouřkou. Emoce jiskřily. Lojza se prudce zdvihl z ratanového křesla a vybuchl: „Tak se nenamáhej, Josefe. Nevím, co tě žere, ale to sem přece nepatří. Snad už ani neslyšíš na Josefa, ty plantážníku Joe!"

Josef zapolykal. Jak se Lojza mýlí! Právě to, co ho žere, sem patří. Nešlo jen o tanky, šlo o to, co dělal Čechoslovák Čechoslovákovi. Josef chtěl vstát, ale všechno se s ním zamotalo, a tak raději zůstal sedět a byl rád, že i Lojza se znovu posadil. Že by ty prášky, co začal brát? Trvalo to jen malou chvíli a je to pryč.

„Lojzo, uklidni se, neřekl jsem ještě ne," řekl Joe a napil se piva. Držel sklenici jako záchranný pás. Nenechá přece Lojzu odejít v takové náladě. Musí se pokusit alespoň o nějaké vysvětlení. „Nezapírám, že mám zábrany pouštět kdejakého čtenáře do svého soukromí. Pochop, prosím tě, že mám své důvody, které nemíním teď rozebírat. Známe se přece dost dlouho na to, aby sis myslel, že dělám prostě fóry."

Joe přesunul pohled z Lojzy na Mirka: „Dobře, souhlasím. Budete ale respektovat tu pomyslnou čáru, kam až vás chci pustit. Platí?" Pozvedl svou sklenku a pobídl své hosty: „Tak na zdraví!"

Připadal si jako na šachovém turnaji, kdy hráči předvídají tah protivníka a neměl z toho dobrý pocit. Jak dalece se dá věřit tomu novináři, prostě novinářům vůbec. Lojza teď vypadal překvapeně a Mirek spíš unaveně z těch komplikací, co nastaly. Asi byl přesvědčen, že Joe přijme s nadšením jeho nabídku. Taky se nelze divit, když šel přes Lojzu – toho nadšence.

Joe odhadl Mirka dobře. Ten si povzdechl: „Kotva Angkor by asi v této chvíli byla příhodnější značka piva než Bintang Merah – Červená Hvězda, ne? Jsem tu jen na pár dní, a tak mně nezbývá, než vám zítra zavolat, jestli platí vaše rozhodnutí o spolupráci na článku, samozřejmě s tou klauzulí, na které zřejmě trváte. Mám pořád ale pocit, že si nejste jistý celou tou věcí, a tak potřebuji definitivní slovo. Pokud couvnete, potřebuji najít někoho jiného. Tak zítra, ano? To je přece fér!"

Teď teprve pozvedl Mirek svou skleničku a všichni tři si ťukli. Popíjeli, každý zabraný do svých myšlenek. Bylo už pozdě. První povstal Lojza. Když se loučili, Mirek se ještě chvíli díval na tušenou džungli nedaleko Joeova domu. „Nebezpečná krása, jako život sám, že? Volá nás, ale ne každý jde za tím voláním." Má pravdu, říká si Joe, po odchodu svých hostů. Slyší ještě zvuk odjíždějícího auta, napřed silný a pak postupně slábnoucí, až zanikl docela za ochrannou hradbou vegetace jeho zahrady.

Joe se vrátil na terasu, kde zůstal ještě sedět snad celou věčnost. Když konečně vešel do domu a svého pokoje, vzal do ruky útlou knížku diáře. Psal si sem často pár vět podle nálady, většinou večer, když nemohl dlouho usnout. Někdy to byl zajímavý postřeh, a někdy jen dvě, tři slova – jako výkřik do tmy. Jak se tak probíral předchozími stránkami diáře, uvědomil si, že čím silnější prožitek, tím stručnější poznámka v notesu.

Teď začal psát napřed váhavě, jak vzpomínal na text, co se mu vybavil. Nemohl si vzpomenout, kde ta slova četl, ale zdála se pro tuto chvíli po tom večeru s jeho hosty neobyčejně významná. Ten text pro něj musel mnoho znamenat, i tenkrát, když ho četl, jinak by mu nezůstal v paměti. Zapamatoval si i autora a dokonce i to anglické motto. Ale nevěděl, kdo byl ten autor, ten Parwiz Owsia, co ta slova napsal, ani v jakém jazyce byl asi originál. Pro něj to motto překlad nepotřebovalo. Jak ten text psal, tiše si ho předříkával:

> I was born tomorrow,
> Today I live,
> Yesterday killed me.

Ještě dlouho ležel beze spánku. Hlavou mu táhly zmatené myšlenky. Minulost, přítomnost i budoucnost se prolínaly. Zná to. Začal konečně žít přítomností až teď, dlouho po smrti Olgy a s takovou urputností, až ho to samotného zaráží. Copak nějaký článek může obsáhnout to, co se s ním dělo? I jen nepatrný výsek jeho života nelze zcela postihnout. Jistěže záleží na autorovi. A Mirek mu připadal schopný zrovna pro toto téma. Vypadá to, že by si mohli rozumět. A pak je tu taky Lojza a jemu Joe věří. Řekne, že ano. Bojí se toho, že když odmítne, budou si myslet, že něco tají, a to by nechtěl. Záleží mu na tom, co si Lojza o něm myslí. A co Radka, ta se teprve bude ptát, o co jde. Vlastně mu chtěla udělat radost – tak udělá radost on jí.

Ano, kvůli ní, své vysněné Elišce, se dá do té spolupráce na Mirkově článku vtáhnout. Obrátil se na bok a propadl se do spánku. Ještě si mumlal větu, co ho napadla. Asi z nějakého starého filmu – The past is never over = Minulost nezůstává nikdy jen v minulosti.

Singapur

U kavárenského stolku v patiu Raffles hotelu sedí štíhlý muž. Je sám a rozhlíží se kolem, jakoby někoho hledal. Bílé balustrády, co vroubí poschodí hotelu, brání v pohledu, když zkoumá, zda se tam někdo neobjevil. Když zazní veselý smích v jeho blízkosti, hned se nedočkavě rozhlédne kolem a zklamaně se opět vrací ke knížce, ve které listuje.

V duchu se kárá: „No tak, Harry, to chce klid. Není ti přece dvacet! Takových setkání, kde jde o zaměstnání, co tak moc chceš, už máš za sebou přece několik." Měl v sobě vypěstovanou určitou metodu, jak se ovládnout, a tu se teď snažil sám sobě vnutit. Věděl, že aby jednal určitým způsobem, musí se uklidnit. A to dokáže, když se soustředí na své okolí.

Byla tu atmosféra pohody. Dýchalo to tu bezstarostností těch, co mají zajištěnou budoucnost a dokáží se radovat ze života s dostatkem peněz. A zatímco honba za skývou se odehrávala jen kousek od vchodu do patia, ti, co tu popíjeli a jedli, jakoby tu bídu před hotelem nebrali vůbec na vědomí. V tuto chvíli on patřil mezi ně – ale co za hodinu, za dvě? Bude v patiu, nebo v té typicky asijské ulici plné ruchu, aby vydělal na talíř rýže?

Ten kontrast byl až neskutečný. On sám je na rozcestí. Zatím nepatří nikam, ani mezi turisty, prostě host pozvaný na kafe. A to do nejznámějšího hotelu v Singapuru, do Orchard Street. A je druhá polovina dvacátého století a to kafe tu stojí mnohokrát víc, než kdekoliv jinde. Sám si tu kavárnu nevybral, ale ani neodmítl.

Byl rád, že je zrovna tady. Připadá mu, že vzdává hold samému Siru Stamfordu Rafflesovi, autoru dosud vyhledávané knihy *History of Java*, vydané v roce 1825, co ho proslavila víc, než jeho odvážné a kritizované reformní pokusy jávanského zemědělství. Ať již oprávněně, nebo ne, k modernizaci Singapuru rozhodně přispěl velkým podílem, a to mu nikdo neupírá.

Tu knihu chtěl Harry již dlouho vlastnit, ale až teprve nedávno se mu to podařilo. A to zrovna tady, v Singapuru. Stejně je dítětem štěstěny. Spokojeně se usmál a znovu se kolem sebe rozhlédl, tentokrát klidně. A v tom ji uviděl, šla trochu váhavým krokem, jakoby si nebyla jistá, je-li to on, koho hledá. Musí jí to usnadnit, řekl si. Povstal a zamával jí. Pochopila a přidala do kroku. Bylo to jejich první setkání, i když o sobě věděli a asi víc, než by si do začátku oba přáli. Harry a Ruth – indonésisti s rozdílnou historií životní i profesionální, a přitom přece s tolika styčnými body.

„Neuvěřitelné, že?" řekla Ruth a podala mu ruku. „Vy byste měl proklepávat mě kvůli té pozici, ne já vás."

„Ale vy jste z Yalské univerzity a já jen Čecháček z Liberce, co prošel půl Evropy a vzal to oklikou přes Nový Zéland, aby se dostal až do jihovýchodní Asie a ...."

„Skončil v Singapuru, že?" zasmála se Ruth a uvolnila svou ruku z jeho sevření. Měla neuvěřitelně dokonalé bílé zuby, úzký obličej a vlasy měděné barvy stažené dozadu. Seděly jí na hlavě jako přilba a daly vyniknout inteligentním modrým očím.

„Liberec neznám, ale byla jsem v Praze na Karlově Univerzitě a v Orientálním ústavu Československé akademie věd. Pozval mě jeden indonésista, český novinář a mluvil o Zlíně, tedy Gottwaldově, kde to všechno začalo obchodem – jak jinak, že?"

Jak se tak pomalu jejich hovor rozvíjel, se zájmem si ho prohlížela, aniž to skrývala. Cítil, jak mu rudne čelo, až těsně ke kořínkům vlasů, co se ještě stále vlnily v dostatečném počtu na jeho hlavě. Bylo to jasné. Odhadovali své síly, intelekt a umění využít svých předností. On – zkušenost osobní i profesionální, co roste věkem. Ona – mládí, co umí zacházet ke svému prospěchu s původem, postavením své rodiny, ze které pochází, a v nemalé míře s dosavadními profesionálními úspěchy. Navíc je mezi nimi rozdíl nejméně dvaceti let.

Tady, v Singapuru, mu šlo o všechno, a ona si toho byla vědoma. I toho, co o sobě vzájemně věděli. Navíc – on je jeden z uchazečů a ona ta, kdo podává zprávu, co možná nakloní vážky rozhodnutí v USA, kdo to místo dostane. On, nebo někdo jiný!

Ujal se znovu slova. „Založení ústavu jihovýchodní Asie, tady, v ospalém Singapuru, je velký krok. Vím to! Své názory jsem písemně prezentoval i s návrhy, jak na to." Cítil, jak získává opět půdu pod nohama. Jeho sebevědomí rostlo s každým slovem. Viděl jasně na jejím obličeji, jak se vzrůstajícím zájmem sleduje jeho proměnu z nezávazného účastníka hovoru ve vášnivého zastánce myšlenky, co k její realizaci potřebovala mnoho úsilí a elánu. Byla přesvědčena, že toho on má víc než dost. A především, ze všeho nejvíce, byl bez zaměstnání, které by mu dávalo možnost profesně růst, realizovat se. A tady to teď je, na dosah.

„Máte velkou výhodu, že jste považován za znalce místních poměrů. To je velké plus k vaší vědecké reputaci. Jde totiž i o finance, to přece oba víme, že?" Ruth si rozpačitě přejela po vlasech a téměř omluvně se usmála.

Nevydržel to a rozesmál se: „Promiňte, ale nejsem naivní – vždycky jde o peníze. Budu o ně bojovat, nebojte se. A nejen to, udělám všechno pro to, abych nejen pomohl najít, ale i udržet sponzory a nacházet nové. Co vy na to? Vyrostl jsem v jiném systému, ale vím, o co jde. Nějaký čas se již pohybuji ve světě, kde se musí usilovat o partnery, kteří by byli ochotni vložit finance do zdánlivě, nebo i oprávněně prodělkového podnikání. Slibuji, že dám do toho projektu všechno!"

Odmlčel se, když zvedla ruku na protest: „Mě přesvědčovat nemusíte! Už že jsem zde, znamená, že vám fandím." „A je to tady!" řekl si. „Dopadne to dobře, cítím to v kostech." Ohlédl se po číšníkovi. Vždyť ji ani nenabídl kafe. Kde je někdo? Jindy jsou kolem jako vosy. No, ale v jiné cenové skupině, opravil se v duchu.

„Viděli nás v důležité diskuzi, nechtěli nás rušit," podotkla tiše. No jo, opravdu mu čte myšlenky. Viděl ji náhle, jakoby ji teprve teď uviděl poprvé, a přece tomu tak nebylo. Zde, v tichu Raffles hotelu, na ni zíral jako na obraz. Připomínala mu ženy z Modigliaových obrazů. Ženy s úzce přivřenýma očima v úzkém obličeji a špičatou bradou. Musel se tomu usmívat. Ty ženy byly většinou brunety a moc krásy zrovna nepobraly. A Ruth byla zrzavá s mléčnou pletí, jen posetou drobnými pihami kolem nosu, u očí a trochu na čele.

„Co se tak na mě divně díváte? Mám něco na obličeji?" zeptala se. Nemůže ji přece teď říct, na co zrovna myslí, i když by ji asi zalichotil, ale to také nechtěl. Možná že by se urazila. Ty ženy z Modiglianových maleb jsou sice zvláštní, zajímavé, výrazné, ale rozhodně ne klasicky krásné, ani líbivé. A ona také zrovna moc krásy nepobrala. Má ostré rysy, prominentní lícní kosti, moc dlouhý obličej, až přísný. Jak bude asi vypadat za deset i více let?

„Halo, halo…," znovu ho probrala z myšlenek. Překotně se začal omlouvat. Vysvětlil jí, dost zmateně, že chce opravdu moc, nevysvětlitelně a asi pro většinu lidí nepochopitelně moc, zůstat v Singapuru co nejdéle, nejspíš napořád. Do konce života. Pro něho, Středoevropana, je to něco jako imaginární svět, kam se téměř zázrakem dostal. Nejlépe se jeho pocity dají srovnat s někým, kdo v noci sedí u počítače a zírá na internet. Na ten virtuální svět, co je na obrazovce a současně kolem něho, ve stejném momentu skutečný i nenahmatatelný.

„Úžasné slovo ‚virtuální', že? V počítačovém použití prostě každému jasné, ale nepřeložitelné do žádného jazyka. No, jen to zkuste!" škádlila ho. „Asi jako ‚Avatar'!" řekla vše rychle, jak mu vpadla do sledu i těch dosud nevyjádřených myšlenek. „Ano, ano," vydechla jedním dechem spolu s jeho. „Chápu! Tedy tu vaši internetovou úvahu, ale už nechápu souvislost se Singapurem. To je asi moc soukromé, že?"

Zaváhal. Pochopí ho, když se pokusí interpretovat, co cítí a hlavně, jak to souvisí s jeho úsilím získat to místo, přes které má možnost zahájit, rozvinout a posílit singapurské studium jihovýchodní Asie? A to se dá podniknout jen tak, že on sám zakotví v Singapuru.

Uvědomoval si až bolestně, jak mu chybí povšechná znalost americké poezie s tématikou jihovýchodní Asie, aby jí přiblížil to, co pro něho jako mladíka znamenala sbírka Bieblových básní *S lodí, jež dováží čaj a kávu*. A tak se zmohl na anglickou verzi prvních řádků básně: „S lodí, co dováží čaj a kávu pojedu jednou na dalekou Jávu.“ Neuhýbal očima při recitaci a poznal na jejím obličeji, že pochopila i tu souvislost Jávy a Singapuru.

„Jak by taky ne! Vždyť proti němu sedí indonésistka, i když americká,“ hned se v duchu pokáral. To za tu maločesky vžitou tendenci: jo, Američani a technologie a obchod, ale literatura a dokonce poezie tohoto druhu – no, to teda ne. Jak taky, vždyť jen vydělávají peníze.

Ruth byla natolik taktní, že nevyrukovala se svou uměleckou inspirací. Zachovala – konečně jako už dřív – obličej hráče pokru. Tak se ovládat jako ona přece jen nedokáže. Stále cítí, že jí úplně nerozumí. V nejlepším případě si s ní není jistý. Asi ho vidí jako pošetilého romantika třicátých let dvacátého století, a to není dobré pro něho jako možného ředitele nového ústavu.

„Kde tady vlastně bydlíte?“ zeptala se na něco úplně jiného, než čekal. Stále ho překvapuje. Nejraději by ji vzal do toho renovovaného starého hotelu v Bencoolen Street. Tipuje ho správně. Potřebuje dýchat alespoň jen zbytek původního Singapuru. Bugis Street, buddhistické a hinduistické modlitebny, trhy a lidové jídelny. Přitom jen kousek od metra, muslimské modlitebny a humanitárních fakult, Famu, Damu.

Nic z toho ale neřekl. Zmohl se jen na krátkou větu o Bugis Street. Pak se zeptal, kde by asi chtěla mít ten nový institut, a po její odpovědi poznamenal: „Mezi místem, kde stojí Raffles, a částí, kde je stará Bugis Street, je takový klidný úsek – vilky v zahradách, různé instituce, knihovna, a tak asi by se tam něco našlo, ale není to tam zrovna levné.“

„Zrovna moc skromný není,“ myslela si, jak ho poslouchala a četla mezi řádky. Vždycky ji zajímalo, co je v podtextu vysloveného. Proto také tak pozorně vnímala. Nejen sluchem, ale i očima. Sledovala synchronizované pohyby s řečí toho, komu naslouchala. Gesta a mimika, co doprovází to vyslovené, prozradí i to, co se jen zatím rodí, to, co teprve dostane slovní podobu.

No, čte ho jako otevřenou knihu, a tak proč to nevyslovit naplno, že hledá nejen pracoviště, ale vlastně i domov. Chce tomu, co bude dělat, dát všechno, a tak proč tam i nespat? Začít nový úsek života. Tak ještě dodal: „Takový bílý domek v zahradě s malým bytem by nebyl k zahození.“

Jak se usmíval, dělaly se mu malé vrásky kolem očí. „Prostě senzace! Co takhle jít do toho spolu?“ Jak to vyslovil, zrozpačitěl. Rozhodil rukama a omluvně se usmál. „Promiňte, proč vy byste se měla zahrabat v Singapuru, když máte New York? Znovu se omlouvám.“

Kolem jejich stolku v tu chvíli přešla rozjařená dvojice a mířila do vedlejšího patia, kde probíhala čínská svatba ve velkém stylu. „A proč ne? Mám ráda Singapur,“ řekla. „Ale jen tak na pár dní. Pracovat tady jsem zatím nezkusila. Díky za pozvání.“

Začínalo se trochu ochlazovat. „Chtěl bych vás pozvat do Bugis Street, ale nevím, co máte za plány.“ Rozesmála se. „Tak přece zvěte! Co když zrovna po tom prahnu? Víte, že jsem se tam ještě nebyla podívat, co jsem dorazila tentokrát do Singapuru? Ne, že bych se bála stínů Amíků z Vietnamu, ale chodit kolem krámků sama není zrovna velká zábava. Upozorňuji, že nakupovat nechci!“

„Místo Bugis mohu ještě nabídnout irskou hospodu blízko mého hotelu,“ řekl a zvedl se k odchodu. To kafe nám tu vlastně nedali, uvědomil si. Ale to už i ona vstala a vyšli do rušné ulice.

Později, dávno potom, co se spolu smáli v Bugis Street a co ji doprovodil k taxíku, vrátil se do hotelu a ležel v setmělém pokoji, pocit radosti ze setkání s Ruth ho úplně zaplavil. Sliboval si úspěch, i když k tomu neměl žádné konkrétní důvody. Úmyslně oddaloval spánek, cosi se ho neodvratně zmocňovalo. Vychutnával si pocit bezpečí pokoje a nevědomky porovnával usínání v jiných městech.

Proč zrovna Singapur to vyhrává na celé čáře, mu bylo již dávno jasné. Prostě s ním srostl, upřel se k němu a věřil v hloubi duše, že Singapur ho přijal za svého. Proč ne třeba Londýn nebo Malta? Či Dubaj, kde se kouří šíša v arabských kavárničkách? Tam také nějaký čas pobýval. Na mnoha místech zkoušel štěstí, hledal půdu pod nohama – třeba v Jakartě, Yogye, Kuala Lumpuru. Každé z těch měst mu něco dalo. V noci ložnice těch měst vydechovaly atmosféru svého města, a jemu se zdálo, že právě Singapur je nejvlídnější.

Malta mu řinčela brněním maltézských rytířů v úzkých uličkách pevniny a hučela mořem, co ostrov obklopovalo. Moře, ač tak blízké, se zdálo hrozně daleko.

Pražské pokoje v noci, na ty si myslet zakazuje. To jsou zavřené dveře, co neotvírá – jeho třináctá komnata. Jen jednu malou škvírečku má povolenou: panorama Prahy při západu slunce nad Prokopským údolím, a nejlépe z desátého poschodí paneláku v sídlišti blízko metra, třeba v Lužinách nebo v Horce. Tou škvírkou se přesvědčí, když je mu nejhůř, že ten klid, co na něho padne při té vzpomínce, je ještě schopen vyvolat – jako při seanci. Ale nechce to dělat často, nechává si tu škvírku v záloze jako poslední resort. Zatím k tomu bodu nedospěl – „A doufám, že jen tak nedojdu!" řekl si.

Rychle přešel v myšlenkách k pokoji v domku kamaráda, asi hodinu vlakem z Liverpool station v Londýně. Chodil kouřit francouzskými dveřmi ven z pokoje, co občas býval dětský, když se kamarádovy děti s vnoučaty přijely podívat z Austrálie do Londýna. A protože Londýn je známý svým mrholením, otvíral přede dveřmi často deštník. Když se začalo stmívat, pozoroval veverky, jak se honí po stromech, v trávě zahrady, než zmizí před liškou, co jde hledat něco k snědku skoro až k domku. Únik je snadný, zahrada sousedí s velkým parkem, co dříve také pokrýval nynější zahrady domků. A se vzpomínkou na tu lišku, kterou kamarád kazí a mění z divokého zvířete, co se stará samo o svoji potravu, v příživnici tím, že ji krmí, pomalu usínal. Konečně usnul s poslední vzdornou myšlenkou, že mu ta stará špinavá Evropa může být vlastně ukradená.

Probudil se pozdě s utkvělou představou, že se musí co nejdříve do kavárny hotelu Raffles vrátit, aby zabránil ptákům se soustředit ve svých náletech na knížku, co tam zapomněl. Ještě než vešel do koupelny, vrhl se ke stolku v rohu pokoje, kde obvykle knížku odkládal. Nebyla tam. Tak těžce získaná *History of Java*, jen jeden omakaný svazek, bůhví kolikátého už vydání, co ležel opuštěn v antikvariátu, než ho za velkého smlouvání koupil. A teď prostě zmizel z jeho stolku! Za to mohou ti černí ptáci, co na kavárenský stolek vytrvale nalétávali a ani číšník jim v tom nedokázal zabránit. Zato přiměli Ruth i jeho překotně opustit patio.

„Ta moje knížka tam musela zůstat," řekl si. A v tom zazněl telefon. Zavřel sprchu, rychle se trochu utřel, a s ručníkem kolem pasu zvedl sluchátko. „Nepostrádáte něco?" uslyšel Ruth a překvapeně zareagoval: „Vy to máte?" „Včera večer, jak jsem procházela patiem, mě zastavil číšník a předal mi tu vaši knížku. Před spaním jsem ji prolistovala, ale volám až teď. Doufám, že jsem vás nepřipravila o spánek."

Uklidnil ji, že na to přišel až ráno a bůhví proč jí začal vyprávět o těch černých ptácích, jakoby věštili něco nekalého. „Poslyšte, mám zjištěno přes realitku, že by byl domek k pronajmutí v té ulici, co jsme procházeli včera. Mám tam dnes schůzku. Chcete jít se mnou? No, a vzal byste si přitom tu knihu."

Sešli se na Orchard Street, před realitní kanceláří. Byl tam dřív, a tak postával před výkladem. Také se neubránil, aby s úšklebkem v duchu nekomentoval čínské jméno majitele. „To mám v sobě z Indonésie, musím si dát pozor," pokáral se. „Pákistánec by se ti taky nelíbil, asi bys ale byl zdrženlivější v kritice," dodal pro sebe vzápětí, když se mu vybavily dvě mladé ženy, Pakistánka a Punžábka, co vedly krejčovství Jack v Raffles hotelu. Vždyť těch malajských jmen a názvů je nějak pomálu v dnešním Singapuru, a to již delší dobu. Asi to ti Malajci nedělají tak špatně, míchají čínský a indický kapitál, ať se dohadují mezi sebou a nesoustřeďují se na malajské Singapurce.

Zvolili menší zlo, a Singapur – to úžasné Lví město – vzkvétá pod čínskýma rukama jako nikdy předtím po odchodu Britů.

Sir Raffles by možná zaplakal nad Malajci, ale musel by zatleskat tomu úžasnému modernímu městu, co se stále jmenuje Singapur a dokonce republika a člen Britského společenství národů – Commonwealthu. Začalo to všechno vlastně tak, že johorský sultán prodal město Singapur Britům, a tím se tam ocitl i Raffles, co to měl kousek z Jávy.

No, a teď tu stojí on a modlí se, aby nejen dostal tu práci ředitele zbrusu nového ústavu jihovýchodní Asie, ale aby se vše odehrávalo v malé vilce v Singapuru, v Rafflesově stylu, i když třeba přes Číňany.

„Doufám, že jsem vás tu nenechala dlouho čekat?" ozvalo se za jeho zády. Otočil se. „Prohlédl jsem si výlohu," řekl. Pohledem ocenil její eleganci. Vešli do kanceláře. Za pultem povstal mladý agent. Ruth se ujala slova a rychle přešla k věci. Na pultu se objevil svazek, otevřený na stránce, co potřebovali. Oba si mohli prohlédnout nabídku ve fotografii, dokonce i interiér, zahradu a parkovací plochy.

„Ano, stálo by to za prohlídku," řekl jí tiše. Pohlédla na něho a on kývl. Převzal slovo a ptal se na cenu. Zdůraznil ale, že Ruth má hlavní slovo, že on nemá o cenách ponětí, ani nemá právo rozhodovat o financích. Vše se seběhlo rychle, jako ve hře.

„Za hlavní budovou je také ubytování pro případné zaměstnance," dodával agent. Vystihl dobře situaci. „Kdy se chcete jít podívat?" kul železo, dokud bylo žhavé. Pohrával si se svazkem klíčů v pootevřené zásuvce.

„Dáme vědět ještě dnes, nejpozději zítra, platí? Můžete zatím stáhnout domek z trhu?" zeptala se Ruth a dodala: „Pokud je to možné." Harry se nestačil divit jejímu rozhodnému jednání. Takhle ji neznal. Jak by také mohl! Odborné diskuze jsou něco jiného než finance. Alespoň poznal, jak asi bude postupovat, pokud půjde o jeho žádost ohledně obnosů na nový ústav. Než se nadál, byli opět na ulici před realitkou.

„Musím mluvit se šéfem," řekla, a hned dodala: „Jak se vám to zdá? Myslím první dojem?" „Nevím, připadá mi to příliš dobré. Snad v tom není nějaký háček. Ale to se dá prověřit, že?" V duchu doufal, že mu to nedá za úkol. Uvědomoval si, jak zlenivěl, a bude trvat, než se dostane zase do formy. Prostě pracovní disciplína je v háji. Musí na sobě zapracovat.

„Tak co, půjdeme tam hned, než se nám vnutí agent?" „Rád bych, ale nevím přesnou adresu. Vy ano?" Nečekal dlouho na odpověď. Ruth otevřela kabelku, vlastně velkou kabelu, co normálně nenosila a vytáhla papír.

„Vy jste to čmajzla?" podivil se naoko rozhořčeně. „No a? Já se také neptám, jak jste sehnal tu vzácnou knihu, co teď tahám v kabelce, a je pěkně těžká. Jak jste ji mohl zapomenout? Kde je ten antikvariát? Snad mají ještě jednu. Nevyčaroval byste další?" smála se.

Zahrála to pěkně, řekl si v duchu a vzal ji celou kabelu. Pak se omluvil: „Čarovat neumím a vím, že tam není další kniha. Ale je možné, že než odletíte, najde se ještě nějaký prodejce. Pokusím se předem stáhnout knihu z trhu. Tak jste to nazvala v realitce, že?"

Šibalsky přivřela jedno oko. „Učíte se opravdu rychle, to se vám musí nechat!" Takovou ji taky neznal. Pokračoval v samomluvě v duchu. Trochu flirtu ještě nikoho nezabilo, zvláště v Singapuru, kde je nikdo nezná. „Tady kousek dál je ta irská hospoda, a mají všechno, i irské kafe," poznamenal.

„Spíš irskou whisky, ale napřed jdeme na tu adresu. Ať máme co zapít. Doufám, že to vyjde! Myslím, že šéf by raději kupoval, než pronajmul. Taky by uvítal, kdybyste bydlel v bytě jinde než v ústavu."

Vzal ji za loket, a jak přecházeli silnici, řekl: „Jak vás znám, tak bude vše, jak si oba momentálně přejeme." Na její větu, že je dnes velký optimista, se zmohl jen na krátkou poznámku o té irské hospodě. Stále měl podezření, že v té ceně je zakopaný pes, ale už o tom nemluvil. Nebude jí kazit náladu. Jak rychle přešli na zelenou, oba ještě přidali do kroku.

Atmosféra na ulicích, kterými procházeli, se měnila, jak se blížili k jejich cíli. Bylo to tu klidnější dokonce i na silnicích. Lépe oblečení lidé chodili kolem nich po chodníku. Prostě kultivovanější, možná i majetnější část Singapuru, co se možná bude zajímat o činnost ústavu. A s trochou štěstí bude i ochotná finančně podpořit jeho činnost.

Pohupoval její taškou a přitom se uhodil do kolena. Místo toho, aby leknutím vykřikl, se zastavil se slovy: „Jsme tady!" Za jejich patami zatroubilo auto. Uhnuli na stranu, a jak šofér otevřel bránu a elegantně projel, auto zmizelo za chvíli za domem. Ruth se hrnula za autem, ale neuspěla. Brána se zavřela dřív, než se jí podařilo proklouznout.

Harry se impulzivně zasmál a Ruth to postřehla. „Nevěděla jsem, že jste škodolibý," řekla vyčítavě. Konejšivě se usmál: „Omlouvám se. Představil jsem si, jak jste uvnitř na dvorku, já venku a v tom se vyřítí pes." Na to reagovala ještě víc rozhorleně. „No, to bych nepřežila, bojím se psů. Ale já bych vás přinutila, abyste ten plot přelezl a bránil mě." „Já tomu docela věřím, ale holýma rukama a bez rukavic, to by byla sebevražda!" „Ale byla bych dáma v nesnázích, i když vy máte k hrdinům z detektivek hodně daleko."

Těch úštěpků už bylo dost, a tak nechal tu poslední větu bez odezvy. Ruth sáhla na zvonek a vzápětí se z interkomu ozvala otázka, kdo jsou a co chtějí. Ruth se představila výraznou američtinou a domáhala se prohlídky. Chvíli se dohadovali, ale nakonec se brána přece jen otevřela. Z domu vyšel majordomus – domorodec v sarongu, a za ním cupital pomenší, blahobytný Číňan. Ruth se bleskově upravila, stihla Harryho zkontrolovat a spolu vešli, vstříc přicházejícím.

„Vím o vás z agentury," řekl pan Ho, jak se blahobytný muž později představil. „Pozastavili jste reklamu mého domku na trhu.

Pozoruhodné, to se mně ještě nestalo. Můj respekt, madam," otočil se k Ruth s úklonou.

„Vaše výhoda, že vám zavolali z agentury," odvětila zdvořile, „mé mínus, zatím, že jsem vás nemohla překvapit projevením svého vážného zájmu o domek. Ale jsme teprve na začátku. Nebude lepší pokračovat uvnitř a po pořádku?" Tou poslední větou uvedla Ruth pana Ho očividně do rozpaků.

„Samozřejmě, omluvte mou nezdvořilost, jste velmi rychlá." Podal jí ruku a představil se. Ruth dokončila formality představením Harryho a vydali se na prohlídku, s majordomem v patách. Pan Ho přičinlivě komentoval: „Dům je modernizován a zrovna odborně uklizen." Pozval je do obýváku a nabídl občerstvení. U kávy pak hbitě vyzvěděl o nich to, co bylo pro něho důležité, a aniž dal Ruth šanci udělat totéž, provedl je zbytkem domu.

Jedno poschodí s několika pokoji, jak bylo jasné z počtu dveří do chodby. Na konci chodby vešli do zadního traktu, kde byly další pokoje. Mohla to být kancelář, studovna, knihovna, prostě co bylo potřeba. A další dveře vedly na parkoviště za domem, na jehož konci stál domek, menší, ale dostatečně prostorný, třeba i pro rodinu. Majordomus tam asi bydlel, pokud neměl jiné ujednání s majitelem domu.

Ruth se ptala ještě na kuchyň a skladiště, a spokojena s odpovědí řekla: „Přešla bych k ceně." Vlídně se usmála na pana Ho. „Mohli bychom rentovat, ale také kupovat," prohlásila a takticky se odmlčela. Pan Ho se také zdvořile usmál: „Vše je možné, bude-li to náležitě oceněno. Ale to vy, madam, přece víte. Cena v agentuře je ta prostřední, jednat se dá kolem. Domluvte se, prosím, a dejte mi brzy vědět. Zítra bude dům opět na trhu, nedomluvíme-li se."

Jeho zdvořilost se pomalu vytrácela. Byl čas k odchodu. Ruth se loučila, děkovala, brala si telefonní číslo, dávala své. Pan Ho evidentně vynechal agenturu z jednání, a to vlastně Ruth chtěla.

Náhle se ocitli zpět na ulici. Harry se podíval na hodinky. Bleskových 30 minut se vším všudy. „Nepřišli jsme na nic špatného," řekl si v duchu.

Nahlas byl Harry samá chvála. Pohlédl na Ruth, jak srší dobrou náladou a nechtěl ji jí kazit pochybnostmi. Teď jen, aby vyšly akademické finance. Aspoň nájem, když ne koupě. Ani se neptal, kam teď. Jasně mířila do hotelu Raffles. Srovnal s ní krok a vzal ji znovu kabelu i s knížkou, co mu přinesla.

„Vypadá to, že pan Ho se chce toho domu zbavit z nějakých důvodů, do kterých nikomu, tedy ani nám, nic není. Počkáte na mě v patiu? Musím mluvit s šéfem. Tady je ta kniha, ať máte co dělat." Ruth mu předala knihu, tentokrát bez kabely a odkráčela. Nejevila žádné stopy nervozity z nastávajícího hovoru.

Harry přijal a s láskou otevřel svou knihu. Doufal, že se dnes dozví svůj osud. Představoval si, jak se tam v tom domku usadí, zabydlí, a konečně zase najde místo, které může nazývat domovem. Ten pocit už dlouho potřeboval, skutečně jako sůl. Popíjel pomalu kávu, co mezitím přinesli, a listoval v Rafflesovi. Narazil na kapitolu o Singapuru a rychle se začetl. Ocitl se ve světě před dvěma stoletími a připadal si neskutečně v patiu, kde teď seděl.

Po chvíli se pár nových příchozích posadilo blízko něho. Trochu ho rušili hlasitým hovorem. Normálně mu nic takového nevadilo, ale tentokrát nechal čtení a zaposlouchal se do jejich rozhovoru, když padlo slovo pan Ho. Rozpoznal, že se mluví o tom domku, co teď už nazýval „náš". Uklidnilo ho, že neslyšel nic negativního, až na jednu poznámku o výdajích se zahradníkem, které se snaží pan Ho pokrýt v ceně nájmu domku. Napadlo ho, že by to mohl být bod při smlouvání o ceně a rozhodl se o tom říct Ruth. Hledal ji očima, jestli se už nevrací. Přestalo mu být líto, že mu vedlejší společnost pokazila klidné čtení a zaznamenal s uspokojením, že se Ruth vrací. Zamávala. On to gesto vrátil. V to, co doufal, se stalo. Šéf souhlasí s koupí. Teď jde o cenu.

„Co usmlouváme je vaše, Harry – na výdaje se zařizováním. Mimochodem, řekla jsem vám, že kupujeme?" Zuby jí zasvítily v širokém úsměvu. Vzal ji za ramena: „Už aspoň dvakrát," řekl co nejvřeleji a dodal: „Uvidíme, bude-li možné cenu sundat."

„Žádné: ,uvidíme'! Bojujeme o levnou koupi." Teď zazářil on a neskrýval to. Ona dopila kávu a rezolutně se zvedla. Šli do domku promluvit si se zahradníkem. Amir se ženou byli doma, i pan Ho se objevil.

Harry se obrátil na Ruth: „Amir zůstane, že?" Ani to nebyla otázka, ale konstatování. Amir sklonil hlavu a Ruth potlačila překvapení z Harryho neobvyklého zásahu do děje. „S tím samozřejmě počítám, pokud Amir chce," odpověděla bez váhání. Odvedla Amira bokem, aby se ujistila, co chce.

Pak se obrátila na pana Ho a ten řekl: „Tak je to jasné, teď jen ta cena. Pro vás přece úplná maličkost, že?" Šibalsky se usmál, přistoupil blíž k Ruth a podal jí papír. Ruth ztuhl obličej a předala Harrymu papír s cenou domku. Ten ze sebe div nevyrazil výkřik. Toto přece nechce Ruth zaplatit, řekl si a zíral na ni s rozšířenýma očima. Musel zblednout, protože ho pan Ho vzal za loket a odvedl k židli u stolku.

„Madam," řekl, „půjdeme si všichni sednout, je to pohodlnější." Sám usedl. „Amir přinese pití. Mango džus nebo ledový čaj?" „Vlažný čaj, prosím," řekl Harry jednohlasně s Ruth. „Já také totéž, Amire," a pak se obrátil opět k nim: „Podrobně teď vše projednáme. Nebo raději zítra? Dnes vám dám psané podklady k debatě."

„Ano, tak to bude nejlepší. Přijdeme zítra ráno v 10 hodin." Ruth si viditelně oddechla. Potřebovala čas na novou strategii, jak pana Ho udolat. On chápavě souhlasil a s omluvou odešel pro slíbené. Ty podklady měl určitě již dříve nachystané. Byl přesvědčený, že Ruth domek koupí.

Po jeho odchodu se Ruth na Harryho starostlivě podívala: „Nezoufejte, dá si říct. Mám povoleno překročit limit, ale ne o tolik. Zkusím na něho tržní smlouvání, asi jako když kupuji na ulici banány. Půjdu úplně dolů, tím ho šokuji, jako on nás předtím, a potom začnu pomalu zvedat cenu. Budu přihazovat, ale s tím rozdílem, že nebudu odcházet, tak jak se to dělá na ulici."

Harry se už chystal říct, že u toho nebude, zbaběle zůstane doma. Dívala se na něho a viděla mu jasně až do žaludku. „To ať vás ani nenapadne!" řekla. „A co?" vydechl nevinně. „No, tak, nechte na hlavě! Není vám přece 10 let!" „Ne, ale jsem Středoevropan, co se stydí smlouvat." Víc to nerozváděl.

Pan Ho i Amir se vrátili. Na stolku se objevily nápoje i složka s papíry. Amir se naklonil k Ruth. „Jsem vám velmi vděčen. Budete tam spokojeni a v bezpečí. Jsem také noční hlídač," řekl rychle tichým hlasem.

Pan Ho se distancoval a diskrétně čekal opodál. Začalo to být napínavé. Kdo asi využije Amirovy poznámky ke svému prospěchu? Harry se od toho chtěl držet dál, ale vtáhlo ho to do debaty. Byl příliš zainteresovaný v celé té věci. Navíc mu byl Amir sympatický a nechtěl ho vystrnadit. Bude užitečný. Ovšem, pokud jeho odchod má snížit cenu, tak ať jde. Bít se za něho nebude.

Všichni se uklidnili při pití čaje, korektně se usmívali a po chvíli si potřásli rukama a šli každý po svém. Tentokrát Harry Ruth nedoprovodil do hotelu. Odbočil z hlavní ulice, rušné tepny Singapuru, kde svištěla auta v kteroukoliv dobu denní i noční, do nedaleké úzké uličky, co ústila do směsi dalších ulic i uliček s mnoha zákoutími. Znal to tu dobře, má to tady rád. K večeru, když poleví horko a stíny se plouží kolem ztichlých domů, občas odkudsi zezadu zazní úryvek hovoru, jako zrovna teď, téměř v poledne.

Zastavil se a nadechl vůni jídla. Slunce pálilo, hledal očima úkryt, až uviděl stolek v zahrádce blízko místa, kde stál. V otevřených dveřích domku, ke kterému evidentně patřila zahrádka, stála pohledná žena. Usmívala se a rozpačitě na něho zamávala. Rozevřela barevný slunečník u stolku, na který se díval. Úslužně ho zvala dovnitř a řekla: „Teh, bir, makan?" Přikývl: „Děkuji – terima kasih. Ano, pojedl bych. Co máte?"

Objednal si rendang – dušené hovězí na papričkách tjabe a pivo. Hovor se stočil na výrobu piva v Indonésii. Dozvěděl se, že muž obsluhující ženy dá přednost „Plzni" a prozradil jí, že má spíš chuť na Bintang Merah nebo Heinekra. Komentovala jeho výběr: „Jako většina Evropanů!" Zmizela v domku.

Vzápětí Harryho čekalo překvapení. Do zahrádky vešel muž z antikvariátu. Pozdravil a usedl opodál. Harry ho pozval ke svému stolu se slovy, že nerad jí sám. Přijal – že má také rád dobrou společnost, a dodal: „Jsem celé dny sám. Pravda, mezi dobrými knihami, ale ještě jsem se nenaučil sám sobě odpovídat. Prý to umí šachisté. A tady je paní Rena, jako vždy usměvavá."

Položila před Harryho talíř s masem a vedle dala další talíř s rýží. Antikvář se zadíval na jídlo se slovy: „Dám si totéž! Kdepak, sumatranský rendang nic nepřetrumfne, i kdyby stál u plotny ten nejlepší čínský kuchař. Jo, rýžové nudle to je něco jiného, ale takto upravené hovězí musí být ze Sumatry a nejlépe z Medanu, kde se kmotří Minang s Jávou."

Otočil se k Harrymu a popřál mu dobrou chuť. Ten už dávno nečekal a ujídal s velkou vervou z talíře. Paní Rena zmizela v domku pro objednávku. V tom se ozvaly veselé hlasy a do zahrady vešla skupinka mužů. Mezi nimi, k Harryho úžasu, byl i pan Ho. Než si v hlavě srovnal, jak se má chovat, pan Ho se otočil směrem k němu a pozdravil jeho i antikváře. „To jsem rád, že vás vidím, měl bych toho Rafflese, jestli máte ještě zájem." Harryho spolustolovník rychle zareagoval. „Večer v krámku, platí?" řekl a labužnicky pojídal svůj oběd.

Zato Harry přestal jíst. Po těch dvou šocích nechal talíř talířem a napil se piva. Už stejně téměř dojedl a byl rád, když se paní Rena objevila a ujmula se jeho talíře.

„To je úžasné," lebedil si antikvář. „Mám dnes štěstí. Potkám dva mé sympatické zákazníky." Obrátil se k Harrymu: „Jen doufám, že pan Ho nepřežene cenu. Raději, prosím vás, přijďte zítra. Bude to pro vás lepší, věřte! Ve vaší přítomnosti pro mne bude těžší dohodnout výhodnou cenu prodeje i koupě. Pan Ho je na prvém místě obchodník, a to nejen v realitách,“ dodal dobromyslně.

Harry si oddechl. Ujistil antikváře, že mu to nevadí, že musí být večer co nejdříve v hotelu, a tak se vlastně nic neděje. Mají oba odpoledne dost času na své záležitosti. Zeptal se, kde je tady zvykem platit. A jak se paní Rena objevila, zamával na ni, zaplatil a rychle odešel. S panem Ho si jen vyměnil zdvořilý pozdrav a přání pěkného odpoledne. Vlastně utekl, smál se, když se blížil ke svému hotelu.

Všiml si, že na terásce před vchodem sedí osamělá žena. Nevěřil svým očím. Ano, je to Ruth! Přidal do kroku. Zastihl ji ještě sedět, tento den už podruhé. Oddechl si.

Vstala, uvítali se a ona bez zábran řekla: „Vrátil jste se dřív, než jsem se obávala. Musela jsem vám přijít osobně říct, že máme zelenou od akademického fondu. Mám takovou radost, že jsem riskovala i delší čekání na vás, než abych to vyklopila třeba těm černým ptákům, co na nás útočili v hotelu. Tam jsme to spolu rozjeli a tam to také skončíme – teda zdárně! Tak dnes povečeříme v tom patiu, pokud číšníci zabrání náletům ptáků.“

Později se Harry a Ruth znovu sešli v Raffles hotelu. Po krátké výměně myšlenek Harry řekl, že dnes uvěří všemu. Oba se hlasitě rozesmáli. V tom se přihrnul z kuchyně číšník. „Dám si ‚skoč‘, a co vy Ruth? Také jednu ‚on the rocks‘?“ řekl Harry světácky a usmál se na ni. Kývla a přesedli si k jinému stolku, trochu dál od silnice, kam zrovna přijížděl autobus.

Má pro ni překvapení, ale držel se na uzdě. O knize až zítra. Ať to nezakřikne! Ve skleničce zarachotil led a na stolku se objevila miska s kešú, těch česnekových, co má rád. Specialita jihovýchodní Asie. Zatím to nikde jinde nejedl. Měli by si to dát patentovat na import-export.

„Nenecháme tu večeři na zítra?“ navrhl po chvíli. „Měl jsem pozdní oběd a v tomto klimatu mně to úplně stačí.“ Jak to dořekl, zaznamenal u Ruth malý náznak ironie. „Jak myslíte, ale že byste byl pověrčivý, to jsem si nemyslela. Přiznejte se, nejde o přejídání, ale nechcete to všechno zakřiknout, že?"

Vyrazila mu dech svou přímočarostí. „A po kolikáté už?" zeptal se v duchu sám sebe. „Jak jste to poznala?" odpověděl bez rozpaků v jejím tónu. „Že nejen nerad smlouvám jako onehdy, ale že i nerad chválím den před večerem."

„Jste přece ten, co vyrůstal za tou věhlasnou oponou, že? Alespoň tolik o tom vím, že jste Boha vzývat nemohli, tak jste se logicky uchýlili k pověrám svých předků."

To, kam se jejich hovor stočil, se mu moc nelíbilo, a tak tu její poslední větu nechal odeznít. Připadalo mu lepší, bavit se o hledání sponzorů. Začal tedy na téma financování nového ústavu jihovýchodní Asie a Ruth se připojila. Řekla, že má nějaké náznaky z malajsko-indických společností v Singapuru, co projevily zájem o spolupráci v akademické oblasti. Ne ani tak pro možný zisk finanční, jako spíš pro zvýšení společenské prestiže. Také si slibují, že udrží doma děti, aby jim neutíkaly za hranice za vzděláním.

Harry byl skeptický. Ústav bude příliš malý na to, aby ovlivnil školské programy. „Malý, pravda – malý, zatím! Skepse nám nepomůže. Prestiž se dá budovat na mnoha úrovních." Ruth ho zarazila. Po chvíli ještě dodala: „Tato část singapurské společnosti má ráda kluby, a tak proč ne specializovaný ústav, co vyvine i mimoakademickou činnost v jiných odvětvích?" Opřela se pohodlně do ratanového křesílka.

Mnohem později, už v posteli v noci, se mu ten whiskový dýchánek s Ruth tvrdošíjně vracel. Prožíval ho víc, než koupi domu i získání druhého Rafflese. Jistě, že měl z obou výsledků radost, ale nic nepřekoná ten báječný pocit při pohledu na obličej Ruth, když jí Rafflese předal. Oči jí zamrkaly a ruce poklesly, jak slavnostně převzala od něho knihu.

A to ještě neměl ani zdání, že kniha bude dalším stupínkem k panu Ho. Ruth totiž panu Ho navrhla spolupráci na novém ústavu a on se toho s nadšením chopil. Slíbil co nejdříve návrh spolupráce k diskuzi.

Příští den Harry zrovna procházel úsekem nového ústavu a zpomalil před domkem. Náhle se rozhodl a zamířil ke vchodu. Ke svému úžasu uviděl, jak se otevírá brána. „Amir mne zahlédl,“ řekl si a vešel dovnitř. Zastavil se až před hlavním vchodem, odkud vycházel Amir i se ženou. Ujistil je, že šel jen okolo, že nic nechce a chystal se rychle k odchodu, když mu začali děkovat. Konečně se chopil příležitosti využít jejich přestávky v řeči, omluvil se a odešel.

Měl schůzku s Ruth, která mu vyprávěla o panu Ho, alespoň to, co vyčetla na internetu. Že je z druhé generace kantonských Číňanů usazených v Singapuru, že jeho děti se vymkly z čínských tradic. Dokonce založily své rodiny s Malajci a Indy, ovšem že se singapurskými. Je solidní finančník, který nechce investovat v zahraničí, ale dá přednost možnostem ve svém městě, které má rád. Každá spolupráce mu ale nevyhovuje. Odmítá roli „tichého společníka“, což zde, v Singapuru, znamenalo napůl ilegálně, pod malajským jménem, ale plně s cizím kapitálem. Byl natolik ambiciózní, že chtěl nejen zisk, ale i své jméno ve firmě a prestiž z toho, v čem podniká.

Harrymu to vše imponovalo a Ruth také. Čekala ještě na podmínky pana Ho pro spolupráci. Rozešli se s tím, že večer se opět uvidí a vše se rozhodne.

Po krátkém odpočinku se Harry pečlivě oholil a oblékl. Vytáhl svůj „safari oblek“ – krémový, plátěný, a rozložil světle modrou košili. Rozhodoval se pro vázanku, ale pak ji zavrhl. Nechal si rozhalenku se slovy: „Jsem přeci v tropech!“ Před odchodem ale strčil složenou vázanku do vnitřní kapsy saka.

Čas utíkal, a tak sešel dolů do recepce. Tam mu přivolali taxíka a on se uvelebil v pohodlném sedadle. Za chvíli byl před Raffles hotelem. Pomalu se ubíral k patiu, kde měl s Ruth sraz. Už tam byla. Před nedávnem to bylo jiné. To na ni čekal on a mával na ni, aby jí usnadnil hledání. Teď mu mávala ona.

„Takhle to všechno začalo," řekl si. „A není to tak dlouho. A zde se to taky zdárně skončí?" Ruth pokračovala v jeho myšlenkách, aniž věděla, jak jsou na stejné vlně. „Jak jinak než dobře! Jsme všichni přímo zralí na novou etapu." Polichoceně se usmála, když mu viděla na obličeji, jak ji obdivuje. „Však jsme oba kabrňáci!" Významně poklepala na Rafflese, knihu, kterou před chvílí odložila na stolek.

K jejich hovoru se přidal pan Ho, který se právě ocitl u stolku. „Nevěděl jsem, že můj Raffles jde k vám. To jsem opravdu rád! Pan Lee se tajil se jménem kupců Rafflese. Mohu ho ujistit, že už nemusí. Dokonce jsem se mu zmínil ve zkratce o všem – o institutu jihovýchodní Asie zde, v Singapuru. Byl nadšen. Je velkým stoupencem studia jihovýchodní Asie, a dokonce by se rád angažoval, jak mně v zápalu řeči prozradil. Co tomu říkáte madam?"

Ruth a Harry se na sebe podívali s úsměvem. Lámou si hlavu s financemi, a ty jsou přitom na dosah ruky. Pan Ho si na jejich pozvání přisedl a po chvíli prozradil, že by se rád podílel nejen na finanční spolupráci, jak již o tom hovořili, ale i na sestavení pracovního programu budoucího ústavu, stejně jako pan Lee. S těmi slovy předal Ruth složku se svými návrhy finančního i pracovního programu.

Teď bylo na Harrym, aby ujistil pana Ho, jak moc on a Ruth oceňují jeho zájem o spolupráci na obou platformách, ale zároveň zdůraznil, že jejich rozhodnutí budou suverénní a právo veta si nedají vzít.

Pan Ho pokyvoval hlavou: „To jsem předpokládal! Je to v těch podkladech," řekl a ukázal na svou složku. Ruth mu předala na oplátku svou. Potřásli si rukama. Nadšení z něho jen sršelo, z Ruth konec konců taky. Ani Harry nebyl imunní. Však bylo také proč se radovat.

Všechny obavy z Harryho spadly a jen si přál, aby pan Ho odešel, a on si mohl vychutnávat ten úspěch sám s Ruth. Ale chyba lávky! V patiu se objevil pan Lee. Uvítali se, ale naštěstí Ruth zamezila dlouhému hovoru. Povstala, omluvila se, a decentně oznámila oběma pánům, že mají zamluvený stůl v restauraci, a tak musí jít, aby jim rezervaci nezrušili. Dalo jí velkou práci stůl získat na poslední chvíli.

Harry byl rád, že konečně opustili kavárnu v patiu. Šli za zvukem krontjongu, který zněl z restaurace, kam mířili. S typickými malajsko-holandskými, nebo snad havajskými melodiemi na něho dýchla Jakarta – tedy Batavie z koloniální éry Indonésie. „Dutch East Indies!" vydechl. Ruth se zasmála: „Věděla jsem, co vás naladí."

„Spíš, co to se mnou udělá," odpověděl. Pak ho ale cosi napadlo: „Probůh, snad mě nešoupnete do jakartské pobočky, nebo dokonce do Malaky za johorským sultánem?" řekl tentokrát s nelíčeným zděšením. „To mé místo, co jsem měl na něj políčeno, dostal nějaký malajský učenec, že?"

Následovali hlavního číšníka, co je uváděl k jejich stolu v restauraci. Harry se už vůbec neovládal: „Mám to, nebo ne? Tak už to vyklopte!"

„Je to kladné," řekla tónem bankovního úředníka, nebo jako lékař za stolem v ordinaci. Její odpověď zněla konejšivě.

„Díky!" vydechl Harry. Nutil se do klidu. Vždyť ví, že se Ruth nedá uhánět. Dosáhl úspěchu díky tomu, že se alespoň někdy dokázal ovládnout. Nabádal se stejnými slovy jako před jejich prvním setkáním: „No tak, Harry, není to tvoje první čekání na detaily nové práce. Je důležité, že jsi to místo dostal, to ostatní přijde brzy."

Konečně se usadili, číšník zacinkal lahví v kyblíku s ledem. Nalil a slavnostně postavil na stůl sklenky s přáním pěkného večera. „Ruth, díky, ale to nebylo třeba!" vykoktal Harry.

Pozvedla ruku, aby ho umlčela. „Gratuluji. Místo je vaše, finance zajištěny, další na obzoru. Získali jsme nové sponzory, ani nevíme, jak. Budova nového ústavu je naše i s bydlením, jak jste doufal. Nesete nám štěstí. Jen blázen by vás na to místo nedo-poručil. Když pomyslím, že to všechno začalo tou Rafflesovou *History of Java*, tak nemohu věřit svým očím. Večeře je za tu snahu a výdrž. Doufám, že váš elán nepomine. Má práce skončila, vám začala!"

Harry byl jako ve snu, a v překrásném, pro změnu. Staly se z něho dvě osoby: jedna fyzická v restauraci, druhá v domku nového ústavu, co občas přeběhla do antikvariátu pana Lee.

Ruth mu z toho všeho na chvíli nějak vypadla. Musel se ujistit, že je tady. Skutečná žena! Impulzivně uchopil její ruku, do které zrovna vzala předkrmovou vidličku, a sklonil hlavu. Políbil jí prsty. Vidlička cinkla o talíř a její obličej zaznamenal neuvě-řitelnou změnu. Byla to najednou mladá, nezkušená dívka s velkýma očima. Odtáhla ruku z jeho blízkosti a přiblížila svůj obličej k jeho. Políbila ho na tvář. Teď měl co dělat on, aby tu situaci zvládnul. A jako obvykle, uchýlil se k žertu: „Tak to by stačilo, jinak nám číšník co nevidět úslužně nabídne pokoj a bude trapas!"

Ruth pochopila. Tak jako už několikrát se znovu přesvědčil, že si rozumí. Jak by to bylo prima, kdyby byla jeho kolegyní v novém institutu v Singapuru! A ona se v momentě ozvala tak, jak předpokládal: „No, nezírejte! A to ať vás ani nenapadne. Nemíním se usadit v Singapuru, i když je to zajímavé město." Rozesmáli se současně, tak jako mnohokrát předtím v podobné situaci. „Budete mi chybět!" řekl zjihle. Ruth věděla, že Harry už dávno poznal, že ona čte jeho myšlenky. Zrozpačitěla.

Ten večer Harry uspokojivě balancoval danou situací. Ještě nedávno si připadal jako ztracený cestovatel v poušti nebo v džungli – trochu jako Livingstone. Ode dneška bude vše jiné. Jako při objevení prvního Rafflese, zase se viděl jako dítě štěstěny. Všechny jeho sny ohledně trvalého pobytu v Singapuru se neuvěřitelně vyplnily.

Slovníček

Indonéské a jiné cizí termíny vyskytující se v textu povídek:

Allahu Akbar: arabsky „Bůh je mocný" – používáno při svolávání muslimů k motlitbě.

Pendopo: altán nebo besídka bez postranních stěn, většinou z ratanu nebo bambusu

Arak: pálenka z fermentovanané rýže

Bapak: otec; viz také **Bu** a **Pak**

Batika: látka barvená určitým způsobem s mnoha vzory podle krajů města nebo venkova, nebo sociálního postavení

Bemo: motorizovaná rikša, pasažérský vozík za motorkou a vše uzavřené nepromokavou látkou; viz také **Betja**

Betel: prášek arekové palmy smíchaný s vápnem a zabalený v listu kokosu. Žvýkač plive červené sliny, něco jako žvýkací tabák horníků

Betja, betjak: rikša nebo řidič rikši, většinou vozík za kolem, někdy motorizovaný; viz také **Bemo**

Bu: zkrácené **Ibu**, zdvořilé oslovení ženy; viz také **Pak**

Burka, burqka: výraz v Indonésii pro šátek indonéských muslimek, který zakrývá hlavu a šíji i s rameny, hlavně vlasy a celý obličej s otvory pro oči

Canting: malý bambusový nástroj k nanášení barvy na látku batiky

Déjà vu: silný pocit, že to, co se zrovna odehrává, se již přesně stejně odehrálo

Dukun: domorodý kouzelník, předpovídá budoucnost, dodává léčivé byliny a může provozovat černou i bílou magii

Gamelanová hudba: orchestrální skupina složena z bicích nástrojů, výjimečně s přidáním dechového hudebního nástroje. Hraje se při rituálech a divadelních, či tanečních představeních.

Gudeg: kuře dušené na paprice a „nance"/viz **Nangka** níže/

Hidžab: výraz používaný v Indonésii pro oděv zakrývající celé tělo a hlavu, ale ne obličej; viz také **Burka**

Huriska: vydržovaná žena ženatého muže, bez legálního statutu druhé ženy; nemorální žena

Ibu: matka; viz také **Bapak**

In flagrante: přichycen při nemorálním nezákonném činu

Kafir: pohan, nevěřící

Kraton: aristokratické centrum za zdmi, většinou na okraji města, s knihovnou, muzeem, a v případě některých indonéských měst propůjčené školství jako posluchárny

Kretky: cigarety z tabáku míchaného s rozemletým hřebíčkem; osvěžují a ochlazují dech, něco jako mentolové cigarety

Krontjong: orchestr, směs malajsko-havajských a západních hudebních nástrojů, melodie k tanci, označované jako „pop", neboli populární hudba

Krupuk: smažené placičky z malých ráčků

Losmen: levný hotel, občas pochybné pověsti

Madrasa: islámská teologická fakulta; také islámská „víkendová" škola pro žáky a studenty nižších stupňů státních škol

Majordomus: správce domu nebo hlavní sluha v domě, kde je více sluhů

Mantra: žalm, zaříkání

Masuk islam: přechod na islám

Matrice: řemeslnický termín který ukazuje na to, že nejde o ručně batikovanou celou batiku.Někdy je část dělaná cantigem a část matricí, někdy celá batika je strojová. Matrice se nasazují do stroje.

Nangka: keř nebo strom, nese plody stejného jména. Mladé plody se rozemelou na kaši a po úpravě slouží jako příkrm ke gudeku. Zralé plody se podusí s kuřetem.

Nasi goreng: indonéské rizoto, kde zelenina a tjabe převažuje

Nona: slečna

Nyonya: paní, madam

Pak: zkrácené **Bapak**, zdvořilé oslovení muže

Pura: domácí chrámek

Pisang goreng: plátky smaženého banánu

Rendang: dušené pikantní hovězí, vyhlášené ze Sumatry

Rijsttafel: v holandštině, indonéský rýžový pokrm

Rujak: kořeněný ovocný salát

Salaam alaikum: Bůh buď pozdraven; pokoj vám

Sambal: papričky, které nechybí nikdy u jídla na stole; viz také **Tjabe**

Sarong: pruh látky z batiky nošený různým způsobem

Suka kawin: manželství je prima, doporučuji

Sufismus: islámský mysticismus. Sufi odchází do ústraní, kde medituje. Tradiční islám považuje sufisty za heretiky.

Šíša: vodní dýmka, sušené lístky ovoce, někdy s tabákem; kouří ji i ženy

Tablo: vizuální tichá reprezentace, seskupení lidí nebo fotografií

Teh tarikh: silný malajský čaj

Tjabe: papričky, nechybí nikdy u jídla na stole; viz také **Sambal**

Seznam literatury

Následující tituly mohou pomoci čtenářům, kteří mají zájem se dozvědět více o pozadí povídek tím, že poskytnou úvod do indonéské problematiky.

Dějiny Indonésie. Zorica Dubovská, Tomáš Petrů, Zdeněk Zbořil, NLN, Praha, 2005

Hledání Indonésie. Miroslav Oplt, SNKLU, Praha, 1963

Drahokamy v trávě, indonéské milostné pantuny. Přeložil Miroslav Oplt, SNKLU, Praha, 1963

Pantuny o lásce, malajská lidová poesie. Překlad a výběr z malajského originálu Miroslav Oplt, Malá Knižnice Orientu, Praha, 1954.

S lodí, jež dováží čaj a kávu. Konstantin Biebl, Československý spisovatel, Praha, 1961

Tygr! Tygr! Moderní povídky z Indonésie. Vybral z indonéských originálů a přeložil Jaroslav Olša. Gutenberg & Sdružení Kontinenty, Praha, 2007

O autorce

Eva Vaníčková, autorka sbírky povídek *Pardál za úplňku*, se narodila v roce 1932 v Brně, Československu. Ukončila pětileté studium indonésistiky na Filologické fakultě Karlovy Univerzity v Praze, kde získala titul promovaný filolog. Po obdržení CSc byl titul změněn na doktor filologie, když obhájila disertační práci se specializací v oboru indonéského dramatického umění. Kromě výzkumné činnosti přednášela v Praze v Náprstkově muzeu, na jazykové škole a na Filozofické fakultě Univerzity Karlovy.

Roku 1969 emigrovala a postupně žila a pracovala v Londýně (University of London, School of Oriental and Asian Studies) a v Canbeře (Australian National University, Faculty of Asian Studies). V letech 1973 až 1997 přednášela indonéštinu na Victoria University of Wellington, Nový Zéland. Zde připravila akademický program indonéštiny a za pomoci indonéských asistentů jej realizovala.

Po odchodu do penze odešla do Austrálie, kde dodnes žije. Odborně se zaměřovala a stále zaměřuje na literární komparatistiku, zejména kontinentální a insulární jihovýchodní Asie. Také se zabývá psaním beletrie s indonéskou tématikou.

Obsah

Fotografie
<u>Obálka</u>:
Indoneská batika: Shariffe – Dreamstime.com.
Pardal: Tamifred – Dreamstime.com

<u>Úvod</u>:
Indoneská mapa:
http://en.wikipedia.org/wiki/File:Indonesia_map.png#file (public domain).

<u>Povídky</u>:
Sopka Merapi: Vichaya Kiatying-Angsulee – FreeDigitalPhotos.net
Loď: Warriorstudio – Dreamstime.com
Pár na schodech: Photographerlondon – Dreamstime.com
Míšenka: Simone Van Den Berg – Dreamstime.com
Mešita: Suat Eman / FreeDigitalPhotos.net
Dívka na mopedu: Eldelik – Dreamstime.com
Otevřený Korán: nuttakit / FreeDigitalPhotos.net
Betjak: z knihy *Jihovýchodní Asie*, Vladimír Matoušek, SPN, Praha 1965 (už není v tisku)
Batikářka: z knihy *Jihovýchodní Asie*, Vladimír Matoušek, SPN, Praha 1965
Kaučuková plantáž: 9comeback / FreeDigitalPhotos.net
Hotel Raffles: Helo80808 – Dreamstime.com

<u>Portrét autorky</u>:
Přemysl Vaníček při její poslední pracovní návštěvě Indonésie r. 1994

Pathway Publishing (www.pathway-publishing.org)